Jürg Federspiel   Paratuga kehrt zurück

Jürg Federspiel
Paratuga kehrt zurück
Erzählungen

Luchterhand

Für Loretta

Lektorat: Thomas Scheuffelen
Umschlaggestaltung von Kalle Giese
Ausstattung von Martin Faust

© 1973 by Hermann Luchterhand Verlag,
Darmstadt und Neuwied
Gesamtherstellung bei der Druck- und Verlags-
Gesellschaft mbH, Darmstadt, im August 1973
ISBN 3-472-86338-2

»The further you are
from the last big earthquake,
the nearer you are to the next.«

Perry Byerly, Department of
Seismology, University of
California

Das Licht einer chinesischen Wäscherei ist grell. Wenn sie nicht bügeln oder die Wäschepakete liebevoll und sorgfältig einschnüren, sitzen die Chinesen mit verschränkten Armen da, schweigen und starren ins Nichts. Wie saubere Wäsche. Sie sind höflich, teilnahmslos, ordentlich, und man ist auch für sie nicht mehr als gewaschene und gebügelte Wäsche. Sie legen das Paket hin, streichen das Geld ein und setzen sich wieder, einer mag nicken, wenn man hinausgeht.

Mein Halbfreund Paratuga begleitete mich einmal in meine chinesische Wäscherei an der 9. Straße, West. Er betrachtete die Leute, als wären es weiße Mause, und wie immer, wenn Paratuga von etwas fasziniert war, erschienen Schweißperlen auf seiner Stirn. Einmal hab' ich erlebt, wie seine Schweißperlen zu Eis erstarrten und schließlich, als es ihm Sekunden später wieder besser ging, wie Hagelkörner vom Kopfe fielen. Er gestand, dies passiere ihm nur, wenn er sich die Kindheit seiner Nachkommen vorstelle, doch als ich ihn fragte, wie alt seine Kinder seien und wie viele er habe, schüttelte er den Kopf.

Nun, als wir die chinesische Wäscherei verließen, erzählte er mir die Geschichte eines Freundes, der nicht viel Geld hatte und seine drei oder vier Hemden jeden Montagabend in die chinesische Wäscherei brachte. Dieser Freund stellte eines Tages fest, daß er dauernd neue und kostspielige Hemden zurückbekam, gewaschen und gebügelt, und so erkundigte er sich bei seiner Wäscherei, doch der Chinese lächelte und teilte ihm lakonisch mit, ein anderer Kunde sei soviel reicher und der würde es auch gar nicht merken, wenn ein paar Hemden fehlten. Einen Augenblick war ich gerührt, doch wenn ein Bursche wie Paratuga eine solche Geschichte erzählt, bezweckt er etwas damit.

»Das waren wohl Sie selber, Paratuga«, sagte ich.

»Nein«, gab er zur Antwort, »das ist dem Freund von Hitlers Tochter passiert. Ich war dabei.«

Ich ließ mich nicht aus der Fassung bringen, ich gab mich uninteressiert. Paratuga schätzt das.

»Hat Hitlers Tochter tatsächlich einen Freund?« fragte ich.

»Hatte«, sagte Paratuga, »er starb vor ein paar Wochen.«

»Ist Fräulein Hitler sehr unglücklich darüber?«

»Ja. War eben ein sehr liebenswerter Mann. Nie eine Klage, obwohl er schrecklich leiden mußte, bis es zu Ende war.«

»Das mußten noch ein paar andere«, sagte ich.

»Was meinen Sie damit?« Er sah mich an, wie ein Kind, das die hängenden Gärten der Semiramis gesehen hat und plötzlich erfährt, es habe eines der sieben Weltwunder erlebt.

Man müßte Paratuga gekannt haben, um meine Zweifel zu verstehen. Er war fett, aufsässig, querulatorisch und hinterhältig. Er war hinterhältig gegen sich selber, wenn man das verstehen kann. Er hatte Plattfüße, litt an Fußpilz und besaß die Fähigkeit, allen anderen durch seine bloße Anwesenheit die Fröhlichkeit und Daseinslust zu vermiesen. Er gehörte zu den Leuten, die so lange über den Föhn reden, bis man Kopfschmerzen verspürt. So lange hörte man immerhin zu. Ein Weltreisender, der seinen Freunden Ansichtskarten schickte, obwohl er nur für Katastrophen Sinn hatte und zum Beispiel dabei war, als ein junger Mann vom Eiffelturm in die Tiefe sprang. Was Paratuga dann auf der Postkarte so detailliert schilderte, wie es der Schreibraum auf einer Postkarte eben zuläßt. Später pflegte er in meiner Wohnung aufzutauchen und nach einem interessanten Bericht über Peru einen Mantelknopf hervorzuholen, der jenem jungen Mann, der in die Tiefe gestürzt war, gehört haben soll. Anderseits besaß er einen fabelhaften Sinn für Gerüche und das Licht. Er vermochte den Geruch einer Ananas zu schildern, bis man geil wurde. Wie gesagt, Paratuga war ein Halbfreund, und diese Leute, die Halbfreunde, wird man am schwersten los. Sie wollen bleiben, helfen, Schaden stiften und alles mitgenießen, das Glück und das Pech. Von diesen Halbfreunden war Paratuga der unvergeßlichste. Er war Nichtraucher, Zirkusfanatiker und fuhr, wenn es nicht den Ozean zu überqueren galt, nur mit der Eisenbahn.

Kalter, blauer Novemberhimmel. Über dem East River stand die Sonne im rötlichen Dunst zwischen den trikoloren Farben der Kamine von Con Edison. Ich wußte nicht, daß die Farben der Sonne und ihrer Umgebung vom Schmutz herrührten, der in der Luft lag. Paratuga war es, der mein Entzücken mit Tatsachen milderte.

»Immer, wenn ich in dieser Stadt bin«, fügte er hinzu, »weiß ich, daß ich hier einmal ermordet wurde.«

»Sie bringen mich damit nicht von der Sache ab«, sagte ich. »Wir waren in einer chinesischen Wäscherei. Sie wissen, was ich meine.«

»Ach so. Richtig!« Er bohrte in der Nase, und ich versetzte ihm einen Klaps. Paratuga murmelte eine Entschuldigung.

»Nun?«

»Ach ja.« Ein Lachen ging über sein Gesicht. »Dort machte ich eben die Bekanntschaft von Fräulein Hitlers Freund. Starb kurze Zeit später. Irgend etwas mit dem

Magen. Sehr schmerzhaft.«

Er blieb stehen, überlegte, doch da er gar nicht überlegte, sondern zu überlegen vorgab, nahm sein Gesicht jenen Ausdruck an, den ein Gesicht erhält, wenn sein Besitzer bloß Fußschmerzen verspürt oder sonst irgendein physisches Unbehagen. »Möchten Sie sie kennenlernen?« fragte er.

»Schon. Ich frage mich bloß wozu.«

Paratuga überhörte mich.

»Treffen wir uns morgen abend in Max' Kansas City Bar«, schlug er vor. »Lärmig. Man ißt aber gut, und wir können ja noch immer woanders hingehen.«

»Wohin?« Ich war neugierig. »Zu Ihnen?«

»Ich bin ein schlechter Wohner«, antwortete er. »Vielleicht zu Ihnen? Gute Nacht.«

Er wandte sich um und ließ mich stehen wie einen Straßenhydranten.

Das Wetter hatte umgeschlagen. Im düsteren Hinterhof des Hotels sah ich wäßrigen Schnee fallen, stülpte gerade wetterfeste Schuhe über, als das Telefon klingelte.

Es war Paratuga.

Man mußte mehrere Male Hallo rufen, bis er mit einem Räuspern antwortete. Politik, nichts anderes.

»Was wollen Sie, Paratuga?«

Er hüstelte: »Bevor wir uns in einer halben Stunde treffen, möchte ich noch etwas vorausschicken.«

»Schicken Sie voraus« sagte ich ungeduldig.

»Haben Sie meine Augen gesehen?«

»Natürlich hab' ich Ihre Augen gesehen, wieso?«

Pause.

»Sie sind neu.«

»Ich freue mich immer über neue Augen«, versetzte ich.

»Sie verstehen nicht – die anderen waren futsch.«

»Ich hoffe, es war keine zu teure Anschaffung.«

»Erinnern Sie sich an Nathan Leopold? Nein? 1924. Am 21 Mai. Zwei reiche junge Männer. Sie ermordeten den vierzehnjährigen Bobby Franks, wollten das perfekte Verbrechen beweisen und so.«

Ich erinnerte mich.

»Nathan Leopold hat seine Augen testamentarisch vermacht, sie wurden unmittelbar nach seinem Tod in eine Augenbank gebracht. Es gab Schwierigkeiten, doch *ich* hab' sie bekommen.«

»Bekommen?«

»Bezahlt. Nathan Leopolds Augen sind nun meine.«

Ich wurde ungeduldig: »Paratuga, wozu erzählen Sie mir dieses Zeug?«

»Sichern Sie mir bitte Ihre Diskretion zu, ja? Bitte auch Vorsicht, wenn Fräulein Hitler dabei ist, Sie verstehen — «

Paratuga hängte auf.

Ein Hotelzimmer ist denkbar ungeeignet für Gemütserregungen; Zorn ist etwas Merkwürdiges in diesen dauernd unbewohnten Behausungen, er frißt sich bald selber auf. Nathan Leopold, erinnerte ich mich, wurde als alter Mann aus dem Zuchthaus entlassen, er half den Armen und starb zufrieden. »Insgesamt hatte ich ein gutes Leben.« Ich freute mich für Paratugas Augäpfel.

Der Salat in Max' Kansas City Bar ist berühmt, auch die Saucen, und das Brot ist geradezu fabelhaft. Die hochbeinigen Mädchen dort kippen gegen Morgen die Trinkgelder in eine Schachtel und fahren im Frühling nach Europa.

»Das ist Emily«, sagte Paratugas Stimme, er stand vor dem Tisch und schälte das Genick aus einer endlosen Schärpe. Er hüstelte.

»Sehr erfreut, Emily«, sagte ich.

»Hallo«, sagte sie, und ich half ihr aus dem Mantel.

Der Rauch im Lokal hatte Paratuga in einen Hustenanfall verwickelt, er trug noch immer gegen einen Meter seiner Schärpe, und man wußte nicht, wem man helfen sollte. Emily war braunhaarig, schmallippig und verlegen. Sie trug eine gestrickte Mütze. Die Handtasche baumelte in ihren Händen, sie lächelte mir zu, schob sich in die enge Bank. Dann nestelte sie in ihrer Handtasche, blies Wärme auf die Innenseite der Hände und guckte sich um. Dann sah sie mich an, schließlich lachte sie.

»Warum lachen Sie«, fragte ich.

»Er —«, sie deutete mit dem Ellbogen auf Paratuga, der sich umständlich zu setzen begann, »er hat mir erzählt, daß ich Ihnen gefalle, bevor ich nur den Mund öffne. Was soll ich nun sagen?«

»Stimmt«, bemerkte ich, »Sie gefallen mir. Ich mag Ihre Stimme.«

»Bloß die Stimme? Erinnert Sie meine Stimme an jemand?«

»Eigentlich nicht.«

Sie lachte wieder.

»Emily arbeitet bei Woolworth, in der Papeterie«, bemerkte Paratuga. »Doch sie nimmt Privatstunden.«

Emily nickte. »Schauspiel.« Sie lachte wiederum, sagte: »Finden Sie es vielleicht nicht blöd, den Leuten Papier zu verkaufen?«

»Schon.«

»Mundfaul«, bemerkte sie zu Paratuga.

»Was möchten Sie essen, Liebling? Sie haben doch den ganzen Tag keinen Bissen zu sich genommen, nicht wahr?«

Paratuga deutete an, daß ein Mann seines Alters doch

auf närrische Jugend Rücksicht nehmen müsse. Dann notierte ein kurzgerocktes Mädchen die Wünsche. Emily wünschte sich ein Steak, sonst nichts, ich auch. Paratuga räkelte sich in der Vorfreude des Gewichtabnehmens und bestellte ein Coca-Cola.

»Was hat Emily denn heute erlebt?«, fragte Paratuga onkelhaft und rutschte auf seinem Platz hin und her. Er wollte sich kratzen, soviel war klar. Vermutlich stand er eine Hölle durch und versuchte nun, sich abzulenken.

»Emily hat heute nur Ärger erlebt«, antwortete sie. »Als ich nach Hause kam, hundsmüde, konnte ich den Briefkasten nicht öffnen, weil er mit Scheiße verschmiert war. Tatsache. Mit Scheiße! Die andern Briefkästen auch. Man müßte den Leuten ihre Kinder wegnehmen, jawohl.« Ihre Stimme wurde schrill. »Und dabei hatte ich, warten Sie, so gegen vier, glaub' ich, eine Kundin, die wollte unbedingt Papierpulver kaufen. Papierpulver! Haben Sie schon je so was gehört? Papierpulver, was ist das, frage ich, und da beginnt die Frau zu kreischen, behauptet, sie könne in jedem anderen Woolworthloch Papierpulver bekommen, sie will ihr Briefpapier selber herstellen, sie habe ihre eigene Mischung, ein Glas Wasser auf fünf Unzen oder so was, ich rief nach dem Manager, und der Manager schob sie mit Hilfe hinaus, und draußen tobte sie noch weiter, weiter und weiter, und jedermann guckte mich an, und dann komm' ich nach Hause, und was finde ich vor, was? Einen scheißebeschmierten Briefkasten, das finde ich vor.«

Paratuga brachte sich einen Selbstschuß bei, vielleicht wollte er sich auch bloß genüßlich kratzen, mit der blickableitenden Frage: »War denn überhaupt ein Brief im Briefkasten?«

»Natürlich war kein Brief im Briefkasten. Was hat denn

das mit der Sache zu tun? Aber es hätte einer drin sein können, und was dann?«

Paratuga kratzte sich vehement. Ich ließ ihn gewähren, indem ich auf die Oberschenkel einer Dame am Nebentisch stierte. Emily erhob sich. Sie griff nach ihrer Handtasche, als befände sich eine Bombe darin, mit der sie die Toilette in die Luft jagen könnte. Sie war hübsch gebaut, mager und mollig und nicht in Harmonie, das war das Reizvolle. Sie bewegte sich wie ein barfüßiges Mädchen auf glitschigem Rasen, unsicher und doch graziös. Sie verschwand im Rauch des Lokals.

Paratuga beugte sich über den Tisch: »Wie finden Sie sie? Wie?« Er muschelte das rechte Ohr gegen mich, bevor ich überhaupt Zeit hatte, die Zähne zu öffnen.

»Nett«, sagte ich.

Paratuga ließ sich wieder zurücksinken, kratzte sich noch rasch hinten und faltete dann erstaunt die Hände.

»Hitlers Tochter, nicht vergessen!« flüsterte er. »Bitte, bitte! Man darf das nicht vergessen.«

»Soll ich sie vielleicht als Fräulein Hitler ansprechen?«

»Um Gottes willen!« Paratuga faltete wieder die Hände zum Beten und roch an den Fingern. »Gefällt sie Ihnen?«

Emily tauchte wieder auf. Sie schien fröhlich. Ich überlegte, weshalb sie fröhlich sein konnte. Sie hatte sich die Lippen blau getönt. Es gefiel im Lokal, man guckte sich sogar um. Die Steaks wurden serviert, doch Emily machte sich wieder über den Salat her, sie stopfte das Grünzeug zwischen die Zahnreihen und strich Butterflocken auf Brotschnitten.

»Das Steak wird kalt.«

»Macht nichts«, antwortete Emily, »bin ohnehin Vegetarier.« Ich glaubte, Paratuga würde seine vom toten Mörder Nathan Leopold gekauften Augäpfel ausreißen und mir an den Kopf schmeißen.

»Ich schwitze«, sagte sie, streifte die Wollmütze ab und schwang die verschwitzten Haare klatschend nach rechts und links, als plansche sie im Schwimmbecken. Paratuga duckte sich, ein wasserbedrohter Kater, er versuchte zu lachen, obwohl er verärgert war, und sein Gesicht wurde fetter.

Dann erhob er sich.

»Ist es wegen des Steaks?« fragte Emily. »Keine Angst, wenn Sie soviel Wert darauf legen, dann eß' ich's natürlich, ich bin da nicht so orthodox wie mein Vater.«

Beinahe hätte sich Paratuga wieder gesetzt. Seine Blicke bohrten sich in mich, ich solle nun endlich nach dem Vater fragen oder so, er zwinkerte mir sogar zu.

»Nun?« fragte Emily.

Paratuga murmelte etwas.

»Bitte?«

»Ich hab' eine Verabredung mit dem Briefträger«, sagte er, »er wird bockig, schmeißt meine Briefe weg, wenn wir uns nicht jede Woche aussprechen. Und zudem ist meine Frau krank.«

»Dann ist die Sache natürlich klar, ich verstehe«, sagte Emily, »grüßen Sie ihn von mir.«

Paratuga ging grußlos ab.

»So verschwinden die großen Leute einfach aus der Weltgeschichte. Einladen und nicht bezahlen.« Sie zuckte die Schultern.

Plötzlich stand Paratuga neben mir, zupfte mich am Ärmel und flüsterte mir etwas ins Ohr.

»Was, was soll ich fragen?« sagte ich laut.

Seine Zunge glitt in mein Ohr: »Fragen Sie Emily, ob sie Kanarienvögel mag, wenn ja, ob sie weint, wenn einer stirbt, fragen Sie!« Dann war er weg.

»Er spinnt, aber ich mag ihn trotzdem«, bemerkte sie.

»Mein Vater war da humorloser, obwohl er nicht alle Tassen im Schrank hatte, weiß Gott.«

Es fiel schwer, Emily nicht zu mögen. Und so mochte ich sie eben.

»Wer ist Ihr Freund?« fragte ich später.

»Jedermann, den ich liebe, jeder, der mich liebt, warum fragen Sie?«

»Paratuga erzählte, Sie hätten einen Freund, der in einer chinesischen Wäscherei fast neue Hemden geschenkt bekam.«

»Darf ich ein Eis haben?« fragte Emily.

Spät in der Nacht weckte mich ein Telefonanruf Paratugas.

»Haben Sie's rausgefunden? Stimmt's?« tönte er.

Ich horchte schlaftrunken ins Telefon.

»Befindet sich ein Pferd im Zimmer?« fragte ich.

»Meine Füße«, erklärte er, »ich bin ungeduldig.«

Er hängte wieder auf. Ich verdammte ihn – träumte von Chinesen, die ihre Arme zum Hitler-Gruß erhoben; Chinesen, die meine Wäsche zurückwiesen, weil sie zu schmutzig war; Chinesen, die mich zu ihren Tellern hinführten, weil ich mit den Daumen die Augenwinkel nach oben zog; Chinesen, weibliche, die sich auszogen und ihre Pyjamas wechselten . . .

Das Telefon weckte mich wieder.

»Darf ich zu Ihnen raufkommen?«

Es war Emily.

»Mein Vater ist Schädelschrumpfer, Psychiater«, erzählte sie, boxte in das Kopfkissen und legte sich auf den Bauch, wippte mit den Füßen; chinesische Füße, so klein waren sie. »Meine Mutter studierte Medizin, auch in Paris. Beide jüdischer Abstammung, beide konnten in die Schweiz fliehen und sogar bleiben, sie hatten Beziehungen, mein Vater ist reich.«

»Wo lebt er heute?«

»Hier«, sagte sie und schlug mit dem Fußrist dreimal auf die Matratze. »Wo könnte ein Hirnschrumpfer besser leben? Was willst du sonst noch von meinem Erzeuger wissen?«

»Ich will dich gewiß nicht ausfragen.«

»Tönt aber so. Ich hab' meinen Vater nie gesehen, seit ich hier bin. Ich hab' auch keine Lust. Er macht seine Patienten glauben, daß sie ganz große Kerle sind. Und wenn sie sich wirklich groß fühlen, dann bezeichnet er sie als Geheilte. Wie Hitler. Die Katastrophe kommt dann trotzdem.«

»Wie wer?« fragte ich. »Wie Hitler?«

»Sure. Wie Hitler. Hitler ist schuld, daß es mich gibt. Er hat mich gezeugt.« Emily lachte.

»Warum lachst du?«

»Über meinen Vater, Jesus sei unser Gast! Wenn es Hitler nicht gegeben hätte, hätten sich auch meine Mutter und der Schädelschrumpfer nicht kennengelernt, in Zürich. Für meinen Teil 1945. Im Mai wurde ich geboren, alles war zu Ende. Aber was sich da in den paar Wochen vorher abgespielt hat —«

»Hitler war bereits tot«, bemerkte ich.

»Ja, und bevor Hitler tot war, war meine Mutter schwanger, nicht zu vergessen, mit mir.«

»Und?«

»Nichts weiter. Vater ließ sie in der Schweiz zurück, kümmerte sich keinen Dreck um sie oder mich und etablierte sich hier. Heute kommen die reichsten Schnekken zu ihm, er schläft neben dem Sofa, wenn sie sich die Seele ausquetschen und spielt Intermezzi auf der klingenden Kasse, wenn eine rausgeht und die andere rein-

kommt, meine ich. Als ich zu studieren begann, ich hab'
drei Semester Medizin studiert, auch ich, da tauchte er
plötzlich in der Schweiz auf und lud mich zum Essen
ein, war ein ziemlicher Schock, und ich wußte zuerst gar
nicht, soll ich hingehen oder nicht hingehen, ich ließ ihn
im Hotel warten – «

Das Telefon läutete. Es war Paratuga. Er klang aufge-
regt, flüsterte: »Chinesen befinden sich in meiner Woh-
nung, hören Sie?«
Bemüht, die unheimlichen Besucher nicht mit meiner
Stimme zu verraten, nickte ich nur; er wisperte wieder:
»Chinesen!«
»Woher wissen Sie, daß es Chinesen sind?« flüsterte ich
in die Muschel.
»Die Augen sind schlitzförmig.«
»Was sollen Chinesen denn ausgerechnet bei Ihnen?«
»Sie sind überall, überall.«
Ich hängte auf.

Sie streichelte meine Hände, dann erhob sie sich zur
Reitstellung, ließ die Haare strähnig über das Gesicht
fallen und gähnte.
»Sauerstoffmangel«, sagte sie, »entschuldige.«
»Wie ging das zu Ende, das mit dem Vater, der im
Hotel wartete?« fragte ich später.
Emily gähnte noch einmal. »Ach Gott, er war sehr
förmlich und höflich, und ich war es auch, ich erzählte
sogar Kümmernisse, und als wir nach dem Dessert noch
einen Kaffee bestellten, sagte er wütend: »Ich hab' deiner Mutter immer zu einer Abtreibung geraten, immer,
ich hätte es auch bezahlt, selbstverständlich, doch sie
wollte ihren Kopf durchsetzen.« Und da begann ich zu
heulen. Ich war damals blöd genug. Der Pappi versuchte
mich zu beruhigen, doch mit neunzehn Jahren hört man

sich von seinem Vater nicht gerne als mißglückte Abtreibung bezeichnet, die man offenbar war, und das meinte er ja. Dann schickte er sich an, mir fünfzig Dollar monatlich für mein Studium anzubieten, ich heulte natürlich noch mehr, sagte, er solle sich die fünfzig dort reinstecken, wo er sich Papier bloß abwische. Er schickte sie nie, der Pappi, war beleidigt –«

Das Telefon klingelte wiederum.

Es war Paratuga.

»Hören Sie«, sagte ich, »wenn Sie heute nacht noch einmal anrufen, dreh' ich Ihnen den Hals um. Wie geht's den Chinesen?«

»Fort. Alle«, antwortete Paratuga. »So schnell, wie sie gekommen sind. Merkwürdig, nicht? Warum ich anrufe, bitte verstehen Sie mich recht, ich hab' Ihnen gesagt, woher das Mädchen kommt – «

»Lassen Sie mich in Ruhe.«

»Genau das habe ich mir gedacht.«

»Genau was haben Sie sich gedacht?« fragte ich.

»Daß Sie Ruhe haben möchten. Ich habe Ihnen ein paar Zeilen geschrieben, bin unten in der Hotelhalle, wo die reichen, grausigen alten Weiber hocken und Todesanzeigen nachschnuppern, man wird Ihnen in den nächsten Minuten den Brief bringen. Gute Nacht.« Er hüstelte, bevor er aufhängte.

Es klopfte.

»Lies!« rief Emily.

»Ich denke nicht daran.«

Sie schlang ihre Arme um mein Genick, pickte mir den Brief aus der Hand und ritzte ihn mit dem Daumennagel sorgfältig auf, las:

»Lange genug habe ich Sie gewarnt vor der Person, die sich unfraglich zur Zeit bei Ihnen befindet. Diese ist, wie wir beide wissen, keine Landesgeborene, und Sie

behandeln sie, als wäre sie eine Enkelin von Kolumbus. Ich warne Sie zum letztenmal. Die kommenden Agenten werden Sie nicht einmal warnen! Sie wissen ja, woher die Agenten kommen. In diesem Sinn, Ihr Paratuga.«
Emily biß mich sanft.

»Weißt du, woher die Agenten kommen?«

»Es ist historisch nicht bewiesen, aber doch beglaubigt, daß der Matrose, der Land! Land! rief, jüdischer Herkunft war«, bemerkte ich. »Amerikas Entdeckung war mit jüdischen Geldern aus der Inquisition finanziert.«

»Und heute zieren Jehovas Schnörkel Marmelade, Gurken und Apfelsaft. Koscheres Drohen in den Supermarkets«, sagte Emily. »Und hol's der Himmel, als ich schluchzend meiner Mutter erzählte, was passiert war und daß ich ihm, dem nie gesehenen Pappi, gesagt hatte, er möge sich seine fünfzig Dollar in den Hintern stecken, war sie aufgebracht. Stolz muß man sich leisten können, sagte sie, und du hast dir deinen Stolz auf meine Kosten geleistet. Nicht auf deine. Ich ziehe dir genau die Summe ab von deinem Monatsgeld. Und so hab' ich aufgehört zu studieren. Und hier bin ich. Wenn ich nicht in der Papierabteilung von Woolworth bin, heißt das.«

Emily erhob sich, tappte zu einem der Stühle, auf dem ihre Kleider hingen, und zog sich an.

»Mein Freund ist sonst beunruhigt«, sagte sie. »Es gibt so viele Unfälle, nicht zu reden von den Überfällen.«

»Nimm ein Taxi.«

»Bist du traurig?«

»Nicht, wenn du wiederkommst.«

Emily nickte.

Eine halbe Stunde, die ich mit offenen Augen zubrachte, weckte die Lust auf eine Zigarette. Das Päckchen war leer. Auch die längeren Stummel mochte ich nicht. Ich zog mich an, flüchtig. Gleich um die Ecke war ein Zigarettenlädelchen. Der Verkäufer kam aus Ungarn und träumte von europäischer Höflichkeit. Er war mager und bleich. Vielleicht Krebs.

In der Hotelhalle schmückte man bereits für Weihnacht. Tannenkränze hingen an den Wänden der ausladenden Lobby. Handwerker funkten mit uringelben Leuchtkugeln, klebten Schnee in die Gegend und auf die Vasen mit holländischen Landschaften. Alte Damen lauerten aus Fauteuils.

Ich wartete auf den Lift.

Als ich vor meinem Zimmer stand, hörte ich drinnen das Telefon.

Es war Paratuga.

»Konnten Sie das Fräulein von ihrer Übermenschentheorie abbringen?«, feixte er.

Ich war zu lustlos für eine Antwort, jede Antwort, sagte bloß: »Nein.«

»Nein? Wissen Sie, was die Dame —«

»Emily«, unterbrach ich.

»Meinetwegen, kennen Sie Emilys Übermenschentheorie?«

»Nein.«

»Sie ist überzeugt davon, hören Sie?«

»Ja«, antwortete ich schläfrig, »ich höre.«

»Augenblick.«

»Hallo«, es war Emilys Stimme. Sie wiederholte ihr »Hallo«, lachte.

»Emily!« schrie ich in die Sprechmuschel.

»Ich bin hier«, sprach Emilys Stimme. »Ich bin schwanger. Wir müssen darüber reden, aber —«

»Was soll das? Wieso müssen wir reden, natürlich müssen wir reden, aber —«

»Ich bin schwanger«, sagte Emily. »Und ich werde nicht abtreiben, wenn du das meinst. Ich will dieses Übermenschenkind, das von dir stammt, austragen. Ich will es so.«

»Keine Frau kann in ein paar Stunden schwanger sein«, brüllte ich, schlug den Aschenbecher vom Nachttisch.

»Sei nicht dumm. In Sekunden.«

»Wie weißt du das?«

»Ich weiß es, weil du ein Kind willst von mir.«

»Das habe ich nie gesagt.«

»Aber du willst es, und ich werde dir einen Übermenschen gebären. Sei fröhlich.«

»Ich will keinen Sohn und schon gar keinen Übermenschen!« rief ich. »Keinen«.

»Du läßt mich einfach nicht ausreden«, rief sie.

Es war nichts Konfuses, es war, als plappere sie eine biologische Tatsache auswendig vor sich hin, etwas von den approximativen vierhundert Millionen Spermien, von denen nur eine es schaffe, nur eine einzige.

»Alle andern krepieren, hörst du? Aber einer, einer wird deinen Namen tragen.«

Ich hörte ein Wimmern. Dann Stille. Ob Paratuga ihren Mund mit der Hand geschlossen hielt?

»Emily!« rief ich. »Emily!«

Stille. Dann das Räuspern Paratugas.

»Beruhigen Sie sich«, sagte er. Ich schrie und brüllte weiter, so lange, bis mich das Fräulein der Telefonzentrale spitz unterbrach.

Gegen Morgen schlief ich ein.

Am andern Tag überreichte mir die Schalterdame einen Brief. Ich öffnete ihn.

»Jeder, der geboren wird, ist ein Übermensch. Denk an den Rest der vierhundert Millionen Spermien. Love. Emily. P. S. Du wirst von mir hören.«

Ich hörte nichts mehr von ihr.

Schließlich vergaß ich sie.

Das erstemal, da ich wieder an sie dachte, war, als eine Schlagzeile von einem Flugzeugabsturz in den Anden Kunde gab. Da niemand überlebte, war ich beruhigt. Man kann überhaupt nicht mehr beunruhigt sein, wenn irgendwelche Leute in den Anden abstürzen.

Für kurze Zeit, zwei, drei Nächte, befand sich Walter de Maria für seine Ausstellung in Basel zu Besuch, ein amerikanischer Künstler; man mußte Vorsichtsmaßnahmen treffen, wie so oft bei modernen Künstlern; die metallenen, wie Bleistifte zugespitzten Fallen hätten für Besucher am eintrittsfreien Sonntagmorgen verhängnisvoll werden können; ein zufälliges Erdbeben: Aufgespießte, nicht wahr, mitten im Museum. Besonders schlimm wäre da ein einfaches Erdbeben gewesen, der Künstler, zusammen mit dem Konservator —: verantwortlich, beide.

Ich fürchte kleine Erdbeben. Ich fürchte nichts so wie kleine Erdbeben. Bei einem großen Erdbeben fragt man heute nicht mehr nach dem Schöpfer. Ein Vorteil für den Schöpfer, ohne Zweifel.

Im Augenblick: Der Verkehr ist klein. Klebriger Regen. In der Straßenbahn lese ich in Walter de Marias Katalog der Ausstellung.

Nach der zweiten Station stößt die Trambahn mit einem übereifrigen Taxi zusammen; die Polizei muß kommen ich steige aus, laufe wieder ins Museum zurück.

Zurückblickend bemerke ich, daß sich zwei Männer streiten, der eine will sein Taschentuch auf die blutende Stirn-Schramme des Taxichauffeurs legen, der andere hält es für unhygienisch.

Sie beginnen sich zu verprügeln.

II

»Es geschieht wieder«, sagte Paratuga. Er saß in meinem Schreibzimmer. Koffer und eine Aktentasche standen hinter dem Fauteuil und über dem Koffer lag sein mehlbestäubter schwarzer Regenmantel. Paratuga hatte im neuen Einkauf-Center des Tessiner Dorfs einer alten Dame eine Kilopackung Mehl vom hohen Regal heruntergeholt, aus Höflichkeit, und dabei war der Papiersack geplatzt, so erzählte er jedenfalls, er hatte mir ein Kilo Avocados mitbringen wollen, südamerikanische, sozusagen frische, doch widrige Umstände – nun, wie immer die widrigen Umstände zur Zeit in Südamerika waren: Paratuga saß neben mir, eben, in einem Fauteuil, klebte Rabattmarken ein, die sich im Laufe der Wochen in einer leeren Salatschüssel angesammelt hatten. Natürlich schielte er dabei zu meiner Lektüre, Bücher über Erdbeben, und auf das Erdbeben bezog sich auch sein erster Satz: »Es geschieht wieder.«

»Paratuga, ich habe Ihnen erlaubt, hier zu sitzen, zu schweigen und meinetwegen Rabattmarken einzukleben, ich habe Ihnen auch erlaubt, in der Küche ein Glas Wasser zu holen, damit Sie Ihre Zunge befeuchten können, doch ich habe Sie nicht gebeten mitzulesen.«

Er war gekränkt. »Aber schließlich bin ich ein Experte in Erdbeben«, versetzte er.

»Später«, sagte ich. »Sehen Sie nicht, daß ich lese?«

In jenem Sommer, dem vergangenen, hatte ich in der Südschweiz für zwei Monate ein Haus gemietet, meine Frau war mit ihrem Freund nach Sizilien gefahren und der Lärm der Spielzeuge meiner ungeborenen Kinder störte mich nicht weiter, meine Erdbeben-Lektüre beschäftigte mich zu sehr. Es war heiß. Mittags kräuselte die Hitze Lichtkringel an die Wände meines Arbeitszimmers, und auf dem Rebberg, der unter dem Balkon begann, wurden die Trauben von der Sonne noch einmal gebraten und gekocht. Abends saß ich zuweilen im Wald-Grotto, trank Wein und stellte mir unerwarteten Besuch vor. Drüben, am anderen Seeufer, war das schwarze Lineal der Kastanienbäume, Lampions motteten dort, ich las den San Francisco *Examiner* vom 16. Juni 1970, »*Grim Earthquake Forecast*«, lautete der Titel —; besonders nachdenklich stimmte mich bei der Lektüre: mein Wohnort Basel war seit 1936 von keinem Erdbeben mehr heimgesucht worden, im Unterschied eben zu den traditionellen Erdbebenstädten auf dem Balkan, in Japan oder in Mittelamerika ... Doch zurück zu Paratuga, der einzigen Ratte, der ich je so etwas wie Sympathie hatte abgewinnen können, genauer: Abneigung mit Zuneigung gepaart, eine Ambivalenz meinerseits, die er zuweilen virtuos auszuspielen wußte, dieser schwächliche Athlet, dieses Männeken, dessen Impertinenz sich nicht mit einer Schiffsladung Schwedenstahl hätte aufwiegen lassen. »Es geschieht wieder.« Ich überhörte ihn abermals.

»Es wäre«, versetzte ich, »für uns beide schön, wenn Sie, statt mitzulesen und Rabattmarken einzukleben, ein Bad oder eine Dusche nehmen würden. Sie riechen, als hätten Sie sich seit Julianfang nicht gewaschen.«

»Junianfang«, bemerkte Paratuga ungerührt. Seine Waldschneckenzunge rollte in der linken Backenhöhle zusammen und glitt wieder aus den Lippen, einen Streifen Rabattmarken befeuchtend.

»Juni?« wiederholte ich fragend.

Paratuga nickte. »Wie ich von Medizinern höre, kann jemand aus der Spezies Mensch auf eine Distanz von fünf Metern schlecht riechen und sich dennoch bester Gesundheit erfreuen.«

»Ihr Leben dürfte nach dieser These die meßbare Länge von drei Zentimetern haben.«

Paratuga überhörte mich, begann zu sprudeln: »Caruso, Sie wissen, der mit der Stimme, der Sänger, der konnte erst aus San Francisco flüchten, nachdem er der Polizei eine Arie aus *Carmen* vorgesungen hatte, tatsächlich, obwohl er ein Freund des Präsidenten der Vereinigten Staaten war —«

»Paratuga«, ich versuchte, ihn zu unterbrechen.

»Ich hab's mit eigenen Ohren gehört.«

»Am 18. April 1906?«

»Am 19.« gab er zur Antwort, »Caruso bekam es mit dem Schiß zu tun, als Chinatown wie heimeigenes chinesisches Feuerwerk zu brennen begann und die Ratten in hellen Scharen durch die Straßen rasten, Richtung Nob Hill, Caruso verlor beinahe seine Stimme —«

»Wie war das – das mit den Ratten?« Faszinierung meinerseits.

»Schwarze, rote, braune, graue – fast jede Farbe von Ratten, Sie wissen: die Ratten —«

»Ratten waschen sich nie«, bemerkte ich. »Ratten sind immer mit Schleim bedeckt.«

»Ich verstehe«, bemerkte Paratuga verärgert. »Wo ist das Badezimmer?«

»Sie werden's schon finden.«

Man wird meinen Ärger verstehen. Da beginnt man sich in ein artfremdes Gebiet einzulesen und unversehens steht einer da, der möglicherweise kein Experte ist, aber doch bei einem Erdbeben dabei war, und Experten sind, wie man weiß, selten mit hautnaher Erfahrung belastet, sonst wären sie keine Experten. Nur eine Leiche würde ich als Experten für's Sterben betrachten.

Ja, in diesem Augenblick kehrte Paratuga, eine Entschuldigung murmelnd, zurück, klopfte den Mehlstaub vom Mantel und schleppte seine Habe Richtung Badezimmer. Sein Murmeln klang nach Verwünschung. Ich las weiter, etwas nervös, dachte nach und holte in der Küche eine zweite Flasche Rotwein, und als ich von dort zurückkehrte, hörte ich im Badezimmer das Wasser über die Wanne plantschen –

»Alles in Ordnung?«

Ein langes Schlürfen klang als Antwort, beängstigend; ich kümmerte mich nicht, mit solchen Geräuschen ersäuft niemand, und Paratuga traue ich ohnehin zu, daß er sich am Schlürfen seines Badewassers erlabt, womit nichts Nachteiliges über ihn gesagt sein soll. Alles in allem ist er ein feinfühliger und nicht ungefährlicher Mensch.

Ich las nun in einer Arbeit über die Erdbeben in der Schweiz während der Jahre 1888 bis 1891, in welchem Zeitraum man dort immerhin 585 Erdstöße zählte, als zwölfjähriges Mittel also 48 bis 49 Stöße. In St. Fiden, nahe der Grenze, schwangen an einem 15. Februar die Hängelampen und es hieß, daß die Vögel nicht die geringste Erregung zeigten; 1891, so berichtet derselbe Chronist, »ließen Arbeiterinnen die Arbeit fallen, knieten nieder und beteten Sterbegebete«, während selbigenorts »die Vögel von den Sprossen fielen«, und etwas später, nach neuen Erdstößen, wurden in St. Gallen »die Vögel unruhig und flatterten und zitterten vor Angst«.

Warum die Vögel? Schon fünf Minuten vor dem Beben begannen sie zu zittern –

»Die Vögel konnten nicht mehr fliegen«, rief Paratuga aus dem Badezimmer, und: »Ach bitte, wenn Sie so gut wären und mir ein Badetuch bringen könnten.«

Obschon ich erst nicht die Absicht hatte, seiner Bitte zu entsprechen, stand ich schließlich gedankenverloren auf, holte ein Frottiertuch aus dem Kasten und schmiß es durch die Türspalte.

»Danke. Die Sache ist übrigens nicht so geheimnisvoll, wie Sie zu denken scheinen«, hörte ich seine Stimme.

Im Bericht über das Basler Erdbeben stieß ich wieder

einmal auf die Ratten. In Basel gingen sie dem Erdbeben voran, brachten die Beulenpest, es starben so viele, daß man die Leichen an Ort und Stelle liegen ließ, oder man warf sie in ein Massengrab und warf Kalk darüber; nur. drei Ehen, so berichtet ein Geschichtsschreiber, blieben damals in Basel ganz —: »Die Beulenpest machte die wirklichen Verhältnisse sichtbar, sichtbarer, das ist alles.«

Paratuga stand dampfend hinter mir und trocknete seinen weißhäutigen Walroßbauch. »Heute dauern die Ehen länger. Ist das kein Fortschritt?«

Ich erhob mich, führte den noch immer Triefenden in das Gästezimmer, warf ihm auch noch frisches Bettzeug hin. Er möge doch, gleich um Mauer und Ecke, sich einen Teller Spaghetti bestellen, ein Stück Schafkäse, eine Karaffe Wein, so gegen 11 Uhr könnten wir dann noch ein wenig zusammensitzen, nicht wahr?

Paratuga nickte, trocknete seine unteren Teile, guckte mich an wie ein getretener Eigenheimhund, und als ich eben die Tür hinter mir schließen wollte, rief er nach: »Gibt's Huren dort?«

»Wie pflegen Sie zu sagen, Paratuga?« Ich öffnete den Türspalt ein wenig: »Huren sind auch Frauen. Ein paar Frauen werden Sie bestimmt antreffen. Bis bald.«

Ja, auch in San Francisco, so las ich, ging die Pest, die Rattenpest, dem Zittern der Erdhaut voraus; die politische Korruption konnte das Schlimmste zwar verhüten, das Schlimmste, immerhin starben zwischen März 1900 und Februar 1904 hundertdreizehn Personen, fast alles Chinesen, an Pest. Die Öffentlichkeit wurde nicht informiert; man hielt die aus Asien stammende Krankheit für eine solche der »Reisfresser«, der Gelben also, und so ließ man sie gar nicht ausbrechen, die Pest, man verarbeitete sie in der Hinterstube der Politik zu Korruption:

»*Not a disease at all – it was a graft*«; *graft*, las ich nach, war in seiner ursprünglichen Bedeutung: Pfropf-Reis, in seiner zweiten: Schiebung, ein Slang-Ausdruck, der damals entstand, besagend: Illegaler Profit. Was war also geschehen mit den Chinesen der China-Town San Franciscos? Waren sie die Juden von vorher? Die Öffentlichkeit hatte nicht erfahren, daß man mit ihnen die Pest in ihren Anfängen erstickt hatte, die Chinesen des Basler Erdbebens hingegen wurden von der Pest verschont: »Am 16. Januar 1394 wurden sämtliche Basler Juden samt Frauen und Kindern in ein eigens errichtetes Holzhaus auf einer Sandbank in der Birsigmündung gepfercht und bei lebendigem Leib verbrannt. Ihr Friedhof wurde zerstört. Und auf hundert Jahre hinaus sollte kein Jude mehr die Stadt betreten dürfen.«

Deshalb blieben die Juden Basels vom Erdbeben verschont. Die Juden spüren immer, wenn Unheil naht, und drücken sich dann –; mein Blick fiel auf den Text Walter de Marias, den ich Monate vorher in der Trambahn gelesen hatte:

»*Wenn alle Menschen, die ein Museum besuchen, doch nur ein Erdbeben spüren könnten. Nicht zu reden von Himmel und Ozean. Das Höchste wird in den nicht vorauszusagenden Katastrophen verwirklicht. Sie sind selten und wir sollten dankbar für sie sein.*«

Paratuga stand hinter mir.

»Guten Abend, wollen wir noch ein Glas zusammen trinken?«

III

»Sie sind ja nicht meinetwegen in dieser Gegend aufgekreuzt«, sagte ich, »warum eigentlich? Wollen Sie Land kaufen?«

»Ich hab' in Locarno ein Stockwerk erworben –«

Paratugas Stimme klang gediegen.

»Ein Stockwerk?«

»Siebenter Stock. Neun Zimmer.«

»Neun?«

»Seit Jahren plane ich ein Wachsfiguren-Museum«, antwortete er, »ein Kabinett eigentlich, das neue in Amsterdam, das Madame Tussaud, einer alten Freundin von mir, gehört, hat mich kürzlich wieder von der Notwendigkeit einer solchen Einrichtung in diesem Land überzeugt. Es fällt hier weniger auf.« Seine Stimme wurde leise, ich verstand, er wollte im Gastland nicht unangenehm auffallen.

»Was fällt weniger auf? Wachsfiguren?«

Er räusperte sich, nicht so diskret wie beabsichtigt, es klang, als müsse er ein Flöckchen von Bronchialschleim im Mund zurückhalten, bemüht, es in meiner Gegenwart nicht zu schlucken.

»Und was«, fuhr ich fort, »soll denn da zu sehen sein? Martin Luther King, Lee Harvey Oswald, Marschall Pétain?«

»Ich habe mir das Museum weniger spektakulär vorgestellt«, meinte Paratuga sinnend, noch immer gediegen, ein Zahnstocher aus Elfenbein, »etwas Persönlicheres, Neutraleres −«

»Neutraleres?«

»Indirektes. Indirekte Menschen. Das gefällt, denke ich, ja, indirekte Menschen.« Er schien plötzlich von sich selber begeistert zu sein. »Emigranten zum Beispiel. Die Örtlichkeit stimmt.«

»Erich Maria Remarque«, bemerkte ich einfallslos.

»Glänzendes Beispiel«, versetzte Paratuga, »aber immer noch zu direkt, ich will versuchen, Fotos von dieser Schwester zu bekommen. Ausgezeichneter Einfall.«

»Seiner Schwester?«

»Mhm. Wurde gegen Kriegsende in Berlin-Plötzensee hingerichtet, empörte sich öffentlich über die Nazis, und die Deutschen haben nach dem Krieg ihrem Bruder niemals das Bürgerrecht angetragen, nie. Remarque hat auch nie mehr deutschen Boden betreten. Die Schwester paßt. Sie braucht sich nicht mal sonderlich selber zu gleichen, die Inschrift: *Schwester des Schriftstellers Erich Maria Remarque* dürfte genügen. Die Besucher werden sich schon erkundigen, wer die Dame war.«

»Dame?« Die abfällige Betonung paßte nicht zur derzeitigen Gediegenheit meines Halbfreunds.

»Damen, Herren«, versetzte er, »so sind die Örtlichkeiten jeweils angeschrieben, nicht wahr?«

»Die Toiletten«, antwortete ich. »Nicht die Menschen.«

Paratuga nuschelte etwas vor sich hin. »Übermorgen abend ist Vernissage«, sagte er dann vernehmbar, »werden Sie auch kommen?«

Ich nickte, dankte für die Einladung.

Etwas schien ihn zu ängstigen, ich kenne Paratuga. »Hoffentlich trifft die Lieferung bis morgen früh ein. Ich muß die Figuren noch stellen. Madame Tussauds Künstler hat es mir fest versprochen, wäre schrecklich –, es ist schwer, indirekte Menschen richtig zu präsentieren, obschon ich da über gewisse Erfahrung verfüge.«

»Welche Herrschaften befinden sich unter der ersten Lieferung?« fragte ich. (Ich gestehe, Paratugas jeweilige Sicherheit macht mich gehässig, obschon er in dieser Sicherheit ganz humorlos das Versagen miteinschließt, ein Kennzeichen wahrer Tatmenschen.)

Er brauchte die Antwort nicht zu überlegen: »L'Inconnue de Chappadiquik, ein Neffe Henri Dunants, ein außerehelicher Sohn Brechts, überhaupt viele Außer- und Uneheliche, indirekte Menschen, nicht wahr –?«

»Das haben wir doch eben besprochen«, sagte ich

empört. »Stimmt. Dann —« fuhr er fort, »der Embryo aus einer Abtreibung Rosa Luxemburgs —«
»Um Gottes willen, Paratuga«, unterbrach ich, »wie wollen Sie den zeigen, wenn es ihn *überhaupt* gegeben hat —?« »Beruhigen Sie sich, ein Embryo aus Wachs, statt Sprit Wasser. Wichtig ist, was druntersteht: ›Embryo aus Rosa von Luxemburg, Vater unbekannt‹ — ein indirekter Mensch, nicht wahr? Ich muß mich beeilen, die Leuchtinschrift soll geändert werden, sofort, ›Museum für indirekte Menschen‹ soll an der Fassade prangen, in Leuchtschrift, schließlich ist auch der Sohn Sigmund Freuds darunter und Cyril Wilde, Sohn von Oscar —« und damit wischte er noch einmal energisch über den Regenmantel, Mehlspuren verwischend, und empfahl sich, keine Floskel, denn Paratuga bemerkte nach einer steifen Verbeugung: »Ich empfehle mich.«
»Empfehlen Sie sich.«
Draußen, auf den Steinfliesen des Balkons, bäumte sich noch immer die Hitze; der Wind vom See blies die Vorhänge zu Biedermännerbäuchen auf und in den eisernen Stangen des Treppengeländers floß noch immer die Hitze des Tages.

IV
Als ich die Galerie betrat, war Stille. Jemand stand auf einer Seifenkiste, tupfte die Hitze von der Stirn, räusperte sich, begann: »Sehr verehrte Anwesende, liebe Freunde, Töpfer, Maler, Erpresser, Holzschnitzer, Kleber, Kunsthändler, Esoteriker, Bildhauer, Graphiker, Schriftsteller, Sodomiten, Drehbuchautoren, Hochstapler, Ehrabschneider, Pianisten, Antiquitätenfälscher, Lyriker, Georgianer, Grundstücksmakler, Kinobesitzer, Autographensammler, Anekdotenerfinder, Architekten, Päderasten, Komponisten, Rentner, Son-

nenanbeter, Erbschleicher, Konvertiten, Alkoholiker, Gesinnungsjournalisten, Sportflieger, Gesellschaftskritiker, Pâtisserie-Männer, Bänkelsänger, Fickschimmler, Kopraphagen, Teppichhändler, Nudisten, Brillenträger, Steuerzahler, Unterschriftenfälscher, Schauspieler, Juristen, Feigenhändler, Abtreiber, Couponschneider, Lükkenbüßer, Strichbuben, Beizer, Zuhälter, Apostatas, Bleigießer, Ehefrauen, Gewürzgärtner, Vegetarier, Pelzjäger, Goldfisch- Fetischisten, Suaheli, Apotheker, Fotografen, Inzestler, Fernseher, Astrologen, Maoisten, Tachisten, Nierenkranke, Münzensammler, Hellseher, Kurpfuscher, Kupferstecher, Philatelisten, Nihilisten —« der Redner hielt inne, verbeugte sich würdevoll, stieg von der Kiste, verbeugte sich wieder: »Ich danke Ihnen für Ihre Anwesenheit.«

Es war niemand da.

Jedenfalls war keine Menschenseele da, was immer man darunter versteht, kein einziger Besucher, obschon ich den versäuerten Veilchenduft des Locarneser und Asconeser Gesindels bereits in meinen Duftnerven registriert hatte. Die Räumlichkeiten waren auch nicht leer, sie wimmelten von Wachsmenschen —;

die einzige Gestalt, der Redner von vorhin, irritierte mich, weniger durch die Beschwörung, an der ich mich beinahe ergötzt hatte, nein, er irritierte mich einzig durch die Tatsache, daß er Bewegung in das Bild brachte, das Bewegungslose faszinierte mich —;

der Redner war eine Frau. Eine Frau mit strohgelbem Haar, überzogen von schwarzem Haarnetz, eine beblumte Bluse, wie sie Hausfrauen nach dem zweiten Weltkrieg getragen hatten, bemerkte ich. Das Weib war einen halben Kopf größer als ich, sie ging auf hohen Absätzen, Ungetüme von Schuhen, die die Trägerin nur scheinbar trug, sie wurde von den Ungetümen getragen vielmehr, die Schuhe waren selbständige Schuhe, Schuhe, die Mitspracherecht gefordert und erhalten hatten; zu sehr war ich in den Gang vertieft, um die fetten, muskulösen Arme zu bemerken, die langen Wadenhaare unter den fleischfarbenen Strümpfen hatten meinen Blick aufgehalten, Knie wie Klumpen von Sellerie trumpften unter dem Röckchen hervor, und als ich endlich meine Augen zum edelsten Teil des Menschen hob, erkannte ich Blaurasur unter Puder, enorme Wimpern wie die von Känguruhs klappten auf und nieder, die Augenlider schwärzlich, verschmiert, wie Jungfrauen zuweilen aussehen, wenn der Schornsteinfeger vom *ius primae noctis* Gebrauch gemacht hat. Seine Lippen leuchteten wie Kirschen.

Paratuga persönlich natürlich.

»Was sagen Sie dazu?« Paratuga entblödete sich nicht, zu lispeln, mit der Zungenspitze leicht anzustoßen, die Baß-Stimme samtig.

»Was ich dazu sage? Sie sind zum Kotzen.«

»Die Zukunft gehört trotzdem uns.«

»Uns?« fragte ich.

»Uns. Aber —« Paratuga setzte mit dem Feuerzeug die Goldfilterzigarette, die in einem Mundwinkel baumelte, in Brand, tatsächlich in Brand. Angewidert entließ er den Stummel seinen Fingerspitzen. »Aber die Ausstellung?«

»Madame Tussauds Künstler hat Sie nicht im Stich gelassen«, sagte ich. »*Chapeau.*«

»Es gefällt Ihnen?«

»Warum nicht. Irgendwelche Leute. ›Indirekte Menschen‹, nichts ist angeschrieben, Ausschußware Ihres hochgelobten Künstlers ›meiner Freundin Madame Tussaud‹, *n'est-ce-pas?*« Meine Nachahmung seiner Stimme war schlecht. An Paratugas Stimme konnte ich mich immer nur erinnern, wenn ich sie hörte, genauer: Erst wenn ich sie hörte, wußte ich, wem sie gehörte, und nun, im nächsten Augenblick, mußte ich nicht ohne Ingrimm vernehmen, wie er meine Stimme imitierte. Er sprach nur einen Satz, schonend: »Erkennen Sie Ihre Familie nicht, Ihre Verwandtschaft? Schauen Sie sich um. Ist das Ausschußware, ja?«

Ich sah mich um.

Da war eine alte Dame mit lamettafarbenem Haar. Sie saß auf einem Sofa und streckte die Zunge heraus.

»Sie streckt Ihnen die Zunge heraus«, sagte Paratuga. »Kennen Sie die Dame?«

Ich wand mich.

»Ihre Großmutter väterlicherseits, richtig?«

Ich nickte.

»Schauen Sie sich um«, wiederholte er, »Madame Tussauds Künstler wird jeden Augenblick aus Amsterdam anrufen, nehmen Sie sich Zeit, es geschieht wieder.« Paratuga stöckelte davon, hüftenschwankend, pfeifend – wer pfeift lügt, so weiß man; ich sah mich um.

Wachsfiguren ähneln nicht Toten, weil sie starr, wächsern und leblos sind, mit diesen Toten umgibt uns der Alltag, nein, sie ähneln Toten, weil sie mit ihren Händen nichts anzufangen wissen. Hände, die nicht handeln, tote Hände, wirken sinnloser als alles andere im Todeszustand. Darum faltet man gewaltsam die Hände der Toten zum Gebet, was obszön ist, Tote dürfen und können nicht beten.

»Stimmt«, bemerkte Paratuga. Er stand wieder neben mir. »Alle Wachsfigurenkabinette sind obszön. Macht doch ihren Reiz aus. Napoleon ist immer publikumswirksam, weil er die linke Hand hinter dem Rücken verbirgt und die rechte in die Weste gesteckt hat. Außer zum Gruß erhobenen geballten Fäusten oder ausgestreckten Händen fällt auch Madame Tussaud nichts ein, wenn es sich um undemokratische Führer handelt, nicht wahr. Übrigens arbeitete Madame Tussauds Künstler zur Zeit an einer Schrift, in der er politische Menschen bittet, sie möchten mitteilen, wie sie ihre Handgestik bei einer Wachsfigur sehen —«

Ich kann nicht sagen, ich hätte meine Familie, meine Verwandten sofort erkannt. Die meisten hatten das Zeitliche vor meiner Person und Zeit ungesegnet verlassen. Die Grabfrist von zwanzig Jahren war bei den meisten abgelaufen. Friedhöfe sind nicht mehr, was sie einst waren.

»Dieser Saal ist Ihrer Abstammung väterlicherseits gewidmet«, versetzte Paratuga, »zum Beispiel Ihr Großvater hier, rechts —«

Ein massiger Mann, der Hals im hohen Offizierskragen, regengraue, keineswegs unfreundliche Augen, so sind die Berge eben, sitzt da, die Hände aufgestützt auf den Schenkeln, Handrücken nach vorn, Daumen zur Innenseite der Schenkel gerichtet: Entweder hält er Gericht oder hört teilnahmslos, wie der Beruf es befahl.

»Zwölf Jahre Kommandant des Stanley-Falls Distrikts im Kongo. Damals wurden den Eingeborenen, die der vorgeschriebenen Arbeitspflicht in den Gummiplantagen nicht nachkamen, die Hände abgehackt, Mark Twains Gewährsleute wollen Körbe mit abgehackten Händen gesehen haben —«

»Das könnten auch Kolonialisten von der Konkurrenz gewesen sein, englische etwa«, warf ich ein.

»Wie Sie meinen«, nickte Paratuga bescheiden, »es ist nicht an mir zu urteilen.«

»Jedenfalls hat er sich später in einem Buch zu rechtfertigen gewußt«, sagte ich. »Nichts von abgehackten Händen. Ein paar mit der Peitsche, wie das Gesetz es befahl.«

Paratugas Augenlider flatterten wie gefangene Schmet-
terlinge. »Wie dem auch sei, rechts von Ihrem Großvater väterlicherseits erkennen Sie unschwer seinen
Schwiegervater, also Ihren Urgroßvater väterlicherseits
in der mütterlichen Linie —«

»Ich möchte noch einmal auf meinen Großvater
zurückkommen«, unterbrach ich.

»Das *müssen* Sie sogar, nicht im Augenblick aber, es
gibt immer Lücken in einem Wachsfigurenkabinett, wie
im richtigen Leben, Sie sehen, Ihr Vater zum Beispiel,
fehlt, vor zwanzig Jahren gestorben, leider nicht für Sie,
Madame Tussauds Künstler besitzt da eine Art *finesse de
goût* —«

»Daß ich nicht lache.«

»Hier«, fuhr Paratuga unbeirrt fort, er behandelte mich
so, wie die Starverkäuferin von Lord & Taylor mit
reichen Weibern umgehen mag, eben, von einem Pelz-
mantel zum teureren, »hier, bitte folgen Sie mir, in
diesem Raum«— ich folgte ihm merkwürdigerweise
mit kleinen Schritten — »hier haben wir Früheres aus der
Familie, zwei, drei Helden aus ziemlich alter Zeit,
jedenfalls namensmäßig mit Ihnen verwandt, Schlach-
ten, Marignano war dabei, Geistliche, Sie stammen ja
aus dem ursprünglichen Dorf Ihres Heimatkantons,
nicht wahr? Zwei wurden zwar Bischof von Chur, ursprünglich Strauchritter, als die Ritter bereits am Ende
waren, Bauern dann, jede Menge in jeder Generation,
natürlich wanderten fast alle aus, mußten auswandern,
wurden Söldner, Zuckerbäcker in Oberitalien oder
Frankreich, Kellner, einige brachten es zu Hotels in den
USA, andere plünderten auf ihre Art in Mittel- und
Südamerika, waren ja selber arme Leute gewesen, nicht
wahr, die paar dreckigen Bauernhöfe in der Heimat, da
mußte sich doch was ändern —«

»Paratuga!«

»Monsieur?« Paratuga hielt inne, sah mich entgeistert an: »Warum unterbrechen Sie Ihren Cicerone? Nun werd' ich den Faden nicht mehr finden. Unmöglich. Sie haben mein inneres Tonband zerrissen.« Er gellte die letzten Wörter mit hoher Stimme, riß mich am Ärmel, »und hier, gleich um die Ecke, die Türen sind gestern ausgehängt worden, Ihre Familie der letzten Jahrzehnte, väterlicherseits, meine ich, was ist da geblieben, was?« Er puffte mich, eine ungewohnte Geste von Paratuga, vor sich hin, ich sträubte mich, »los, weiter, schauen Sie sich die Leute an, *Ihre* Leute, Irrenhaus, Konkurs, Größenwahn, Männerhaß, Katholizismus, Antikatholizismus, Juristen, Militärs, Weiberhaß, Blutstürze, Tuberkulose, Selbstmörder, Infarkte, Hirnschläge, Schwule, Darmrisse, Versager, Briefattentäter, Versebrunzer, Inzest, Bescheidenheit —«

Ich blieb stehen, störrisch, »weiter —«, drängte Paratuga, »weiter«, nun stieß er mich sogar, ich torkelte durch die nächste Tür, »und da sind wir mütterlicherseits, mein Gott, Kirchenmaler, Theatermaler, Messerstecher —«

»Lassen Sie mich los«, brüllte ich, hob drohend die Hand.

Paratuga stieß mich von sich.

»Mich schlagen? Sie schlagen Männer, Frauen, mich werden Sie vielleicht auch schlagen, machen Sie's doch, ja, aber *uns* schlagen Sie nicht, *uns* wagen Sie nicht zu schlagen.« Und damit erhob Paratuga ein Geschrei, das beileibe nicht von schlechten Rabeneltern war —:

»Hilfe! Hilfe! Hilfe!«

Ich regte mich nicht.

Paratuga schüttelte, sichtlich unbequem, die knabenhaft geschnittenen Hüften-Hosen, guckte mich an und ver-

suchte, mit seinen Fingerspitzen mein Kinn zu strei-
cheln, meine Hand schob seine Hand von mir weg –

»Aber wir sind doch allein hier, ganz allein, nur Sie und
ich, inmitten all der Menschen, denen Sie gehören und
die Ihnen gehören –«, er bettelte, »ich wußte, Sie
würden *uns* nicht schlagen, *uns* nicht, ich wußte es . . .«
Ich erwachte aus meinem Bleizustand. »Wer ist *uns?*«
fragte ich.

»Wir«, sprach Paratuga und wies mit beiden Händen
auf seine Aufmachung und setzte nun auch noch eine
Sonnenbrille auf.

Unsere Kleidungsstücke hatten sich verschoben, Hemd-
zipfel guckten aus der Hose, ein Knopf war von meinem
Hemd gesprungen, beide atmeten wir schwer.

»Wer zum Teufel ist *wir?*« fragte ich, nicht begierig auf
eine Antwort, mehr bemüht, etwas Würde zurückzuge-
winnen. Paratuga wies, noch immer keuchend, mit dem
Finger auf einen ungewöhnlich fetten Mann. Der Mann
saß in einem Rollstuhl und las eine Zeitung, ich
erkannte ihn gleich, meinen älteren Bruder, im Alter
von 26 Jahren gestorben, nein, nicht gestorben, er hatte
seinen Rollstuhl dorthin gelenkt, wo er hinwollte.

»Kommen Sie näher«, sagte Paratuga.

Ich blieb stehen.

»Wo bleibt die *finesse de goût* Ihres Künstlers?« fragte
ich. »Mein Bruder ist für mich noch so lebendig wie
mein Vater. Und weshalb trägt er einen entsetzlichen
Damenhut, das ist doch ein Damenhut, nicht wahr?«
Paratuga nickte und begann meckernd zu lachen.

»Ihr Bruder war einer von *uns*, verstehen Sie endlich?«

»Mein Bruder«, sagte ich schluckend, »riß als kleines
Kind eine Pfanne voll siedenden Wassers vom Herd, das
Wasser durchtränkte seine Kleider vom Hals bis zu den
Oberschenkeln, verbrühte seine Babyhaut, die Brust-

haut, Bauchhaut, selbst die winzigen Geschlechtsteile –
meinen Sie das?«

»Richtig. Und deshalb ist er einer von uns. Heimlich saß
Ihr verehrter Bruder vor dem Spiegel und probierte
Damenhüte, zog Handschuhe Ihrer Mutter an und –
wenn er sich lange allein im Hause wußte – auch
Büstenhalter der Schwester, wußten Sie das nicht, Sie
Langweiler?«

Zorn kann Menschenhänden die Gewalt eines Mahl-
stroms verleihen. Paratugas Kenntlichkeit verwandelte
sich in meinen Händen in ein Farb- und Fetzengewu-
schel. Mit einem Griff konnte ich ihn zappeln lassen. Er
schrie. Seine Perücke, mein Gott, auch das, seine
Perücke flog davon, seine Wangenhaut zersprang nach
dem ersten Schlag, ich saß nun auf ihm, hämmerte auf
ihn nieder, ich genoß sein Meerschweinchenquietschen,
wenn die Fingerknöchel irgendwo aufschlugen, zweimal
hieb ich den Ellbogen auf seine Lippen, seine langen,
violett-bemalten Fingernägel rissen Furchen in mein
Gesicht, ich biß in seine Finger, nun schrie er, lauter
noch, als ich sein Nasenbein zermantschte, ich erhob
mich aus der Reitstellung, um auch die Füße das ihre
tun zu lassen, einen Schuhabsatz in die Magengrube, ich
hatte mich fast erhoben, unten lag er, Paratuga, ich traf
ihn mit der Fußspitze seitlich in die Rippen, es krachte
vernehmlich. Ich schlug noch eine geraume Zeit weiter
auf das Menschenbündel unter mir, und als ich die idio-
tische Sonnenbrille nahe meinem Fuß erblickte, zertrat
ich sie. Es war ein wohliges Geräusch.

Jemand klopfte auf meine Schulter: »Na, na, das darf
man doch alles nicht so schwer nehmen, beruhigen Sie
sich, zuweilen können Sie doch ganz vernünftig sein –«
Es war Paratuga.
Er stand neben mir.

Das blutige Bündel in zerrissenen Kleidern zitterte am Boden, verkrampfte sich, zog die Beine an und streckte sie wieder aus.

»Aus«, sagte Paratuga. »Mehr als bloß technischer K. o. Gratuliere.«

Er streckte mir die Hand entgegen und ich schüttelte sie, zögernd, wie man verstehen wird. »Beinahe hätten wir uns mißverstanden. Man mißversteht sich leicht und bald.«

Ich nickte. »Zum Beispiel Ihre Mißinterpretation meines Bruders, Mißinterpretation ist ein gelindes Wort, das war doch eine Schweinerei –«

Paratuga unterbrach mich scharf. »Augenblick, spüren Sie?«

»Ob ich etwas spüre? Sie haben meinen Bruder –«

»Schweigen Sie.« In Paratugas Gesicht lag etwas wie Entsetzen.

»Ich denke nicht daran zu schweigen«, sagte ich. »Wie kommen Sie überhaupt auf die Idee, meine Familie –«

»Wer interessiert sich schon für Ihre Familie«, sagte Paratuga. Er stierte vor sich hin, angestrengt, er hörte in sich selber hinein, ja, er hörte in sich und sah ins Leere.

»Werden Sie diesen ganzen Kram den Asconeser Trotteln zeigen? Schließlich wird doch einer herausfinden, wer gemeint ist.«

»Was sagen Sie? Warum reden Sie immer?« Er sah mich verwirrt an, gestört, wenn ich so sagen darf, mit zwei Fingerbewegungen riß er sich die künstlichen Wimpern ab, wischte das Kirschenrot von den Lippen und riß das schwarze Haarnetz ab, auch die blonde Perücke. Begann er sich zu schämen? Dann kauerte er zu Boden, zerrte die widerlichen Stöckelschuhe von den Füßen und erhob sich wieder. Er sah aus wie sonst und zitterte.

»Es ist in solchen Fällen gut, wenn man den Boden unter

den Füßen spürt«, sagte er.

»In welchen Fällen?« fragte ich. »Nun möchte ich Sie doch bitten, um eine Nuance präziser zu werden.«

»Schrecklich«, sagte Paratuga, »es geschieht wieder.«

»Nicht ein zweites Mal, Paratuga«, mahnte ich, »nicht ein zweites Mal. Sie haben kein Recht, mich und meine Familie —«

Wiederum unterbrach er mich. »Besser wir gehen hinaus. Kommen Sie. Kommen Sie.« Er sah sich um, als hätte einer eben sein goldenes Feuerzeug gestohlen. »Das Treppenhaus ist am sichersten —«

»Moment«, diesmal hielt ich ihn fest und an beiden Handgelenken, »es wird nicht gekniffen, nun wird Rede und Antwort gestanden. Ja? Also —«

»Sie Narr!« Paratuga wand sich, »hinaus, hinaus«, der Gesichtspuder war abgebröckelt, die Haut war grau wie ein Mausefell.

»Nun stehen Sie Rede und Antwort«, sagte ich, ihn sicher im Griff haltend, »wer hat Ihnen die Informationen über meine Familie geliefert, erstens, dann: Woher kommen die Bilder, die Fotos, nach denen Ihr famoser Künstler meine Familie nachgebildet hat, woher? Reden Sie!«

Paratuga deutete mit den Fingern seiner festgehaltenen Hände auf den Boden. »Es geschieht wieder«, schnappte er, »das Treppenhaus hält. Retten wir uns.«

»Wer sind Ihre Auftraggeber, Paratuga, wer?«

»Retten wir uns!«

»Jetzt wird geredet. Namen will ich wissen.«

»Sie sind wohl nicht ganz da«, brüllte Paratuga, »es kann jeden Augenblick passieren. Wir befinden uns im dritten Stock.«

»Was soll passieren, was? Und nun die Namen, die Namen, die Namen —«, und ich zwang Paratuga in die

Knie. Er wimmerte.

»Es geschieht wieder und Sie merken es nicht. Sie merken es nicht, furchtbar ist das –«

»Über das Furchtbare haben Leute Ihres Schlages nie getrauert«, sagte ich zähnebeißend.

Paratuga schien in Eigenschwingung zu geraten. »Es bebt, es bebt, es bebt, die Erde bebt!«

»Ruhe,« befahl ich. »Ihre Milchmännertricks interessieren mich nicht. Die Namen will ich hören, die Auftraggeber. Nichts da Erdbeben, lassen Sie die Ausreden, ich will die Wahrheit wissen, woher wissen Sie mehr über meine Familie als ich –«

Paratuga flehte.

»Bitte, bitte, eben kam der dritte Stoß! Spüren Sie nichts, gar nichts?«

»Ich spüre nichts. Ich lasse mich nicht zum Narren halten. Von Ihnen schon gar nicht.«

Eine Fensterscheibe zerbrach, Glassplitter klingelten auf den Fußboden. Mein Großvater bebte.

»Freunde scheinen Sie keine zu haben, mein Lieber«, sagte ich, »die Asconeser Jugend wirft bereits die Fenster ein.«

Er jammerte. »Sie waren nie besonders intelligent, bitte lassen Sie mich gehen, bitte bitte.«

Ich ließ ihn los.

Paratuga keuchte Dank, bewegte sich auf der Flucht zuerst auf allen Vieren und stürzte dann heulend, endlich auf beiden Beinen, zum Ausgang.

Ohne Eile suchte ich nach einem Stuhl, packte zwei der Stuhlbeine und zerstrümmerte das Wachsfigurenkabinett. Gips, Wachs – nur Trümmer blieben. Ich schlug alles von Stuhl oder Sockel.

In Basel fand sich eine Mahnung der Universitätsbibliothek im Briefkasten: Phys. Conv. 36, Nr. 16: Früh, J. j. *Die Erdbeben in der Schweiz 1888/89*; Natw. Zs. 176 Bd. 1 Nr. 1: Büss: *Seismometrische Beobachtungen in Tiflis 1920/21*; Natw. Zs. 1290 H 62: Richard Maaz und Wolfgang Ulmann: *Theoretische Untersuchungen über die Ortung seismischer Herde in Bergbaugebieten –*; etc. Ein Katalog des Kunstmuseums: Walter de Maria, ich blätterte: »*Die Zeitungen sagen, Naturkatastrophen sind schlecht. Eine Schmach. Ich mag Naturkatastrophen und ich bin überzeugt, daß sie die höchste Form der Kunst sind, die man erfahren kann. Zum Beispiel sind sie unpersönlich. Ich glaube nicht, daß sich die Kunst gegen die Natur erheben kann . . .*«

Ich schleppte meine Koffer zum dritten Stock empor.

Ich war um ein paar Monate älter geworden. Der erste Sommer, der mich älter gemacht hatte.

Ende Oktober erhielt ich ein Telegramm: SAN FRANCISCO IST MUTTER GEWORDEN STOP PARATUGA. Inzwischen hatte ich wieder eine Frau kennengelernt, die ich zu lieben glaubte, und die Zeitungen waren voll von Berichten über die Zerstörung der Stadt Managua, Nicaragua, Mittelamerika, Plünderer in Super-Markets wurden von der Armee standrechtlich erschossen; Hunger konnte nicht nachgewiesen werden. Noch nie hat ein Hungernder einen Super-Market geplündert. Erst ein Erdbeben zeigt den wirklichen Charakter des Menschen.

Zehn Tage vor Ostern stand ich im schäbigen Bretter-
verschlag des Elsässer Bahnhofs, ließ mich vom Paßkon-
trolleur mustern und mit dem Foto im Paß vergleichen,
auch die Zollbeamten nahmen sich Zeit, das ist nie
anders, mein Gesicht ist nicht vertrauenerweckend, und
so gruben sie in meinem Koffer wie die Arbeiter im
Rebberg und kneteten lustlos Kleidungsstücke und
Unterwäsche; es eilte, wenn der Zug den Fahrplan ein-
hielt, hatte ich noch drei Minuten, um den Bahnsteig zu
erreichen und in den Zug zu steigen.
Als ich endlich den Koffer schließen durfte, hastig,
sprangen die Schlösser wieder auf, der Inhalt drohte
herauszuquellen, ich fluchte leise vor mich hin, beobachtet und begrinst von den französischen Beamten, die
schlimmer sind als die Italiener, es sei denn, man
befindet sich zufällig an der italienischen Grenze, dann
sind die französischen Beamten weniger schlimm –, wie
immer, ich klemmte den Koffer unter Schulter und
Oberarm, stopfte die Zeitungen, bisher sie manierlich in
der Rechten tragend, in die Manteltaschen und eilte weiter. Ohne aufzublicken bemerkte ich einen Mann mit
einem Aktenköfferchen, die Beamten – das konnte ich
erhaschen – salutierten gelassen, doch mit Höflichkeit
und Respekt. Ich wuchtete mein Gepäck zur wartenden
Eisenbahn, stemmte den Koffer in den Vorraum und
stieg hinterher, die Tür knallte zu und traf noch den
Absatz meines Schuhs, ein Pfiff, die Räder setzten sich
in Bewegung, 18 Uhr 32 genau, der Zug rollte über das
verrußte Areal, es nächtigte im Zoologischen Garten,
man sah spazierende Bäume, Giraffen eigentlich, und

dunkle Flecken im künstlichen Gebirge, Steinböcke, dann kroch der Zug in ein Tunnel, die Stadt zurücklassend; Saint-Louis in der Dämmerung, das Wahrzeichen von Fernet-Branca, ein gewaltiger Globus mit einem noch gewaltigeren Adler –; ich saß allein im Abteil mit den durchgewetzten Sitzpolstern und durchgequälten fettigen Kopfpolstern, Zeitungsblätter auf den Knien. Jemand öffnete die Schiebetüre, und als ich aufsah, erblickte ich einen Rücken, vernahm Stöhnen, der Mann schob sich rückwärts, irgendwelche Gepäckstücke auf dem Boden schleppend, ins Abteil, Murmeln, *je vous dérange, Monsieur?*, Ächzen, *pas du tout, Monsieur*, antwortete ich, *je peux vous aider?*, er schleppte weiter, erhob sich und guckte mich an, neben den zwei Reisetaschen, die der Herr mit sich brachte, schob er auch eine Schreibmaschine ins Abteil, das konsternierte, weil es meine Schreibmaschine war, mit Schrecken bemerkte ich den Verlust, suchte nach Worten, mit denen ich den Mann über seinen Fund aufklären konnte, meinen Besitz eben – nach dem Akzent zu schließen konnte es sich um einen Amerikaner handeln, der Kleidung nach war das Englisch, *Prince-de-Galle*-Muster, mit einem eleganten Cape des nämlichen Tuchs und eine Schirmmütze, die Pfeife zwischen den Zähnen schien kalt, nun hob er den Kopf.

»Ich trug den ganzen Tag eine Brille für Weitsichtige«, klagte er, »was für ein entsetzlicher Beruf, man ruiniert nicht nur die Augen, man macht die Füße kaputt, die Gelenke, das Kreuz, nicht zu reden von den Genickmuskeln, weil man nachts immer zu beleuchteten oder verdunkelten Fenstern gucken muß, meist im vierten Stock oder so. Warum fahren Sie nach Paris?« fragte er gähnend, augenreibend.

»Ferien. Etwas Erholung. Seit neun Jahren war ich nicht

mehr dort.«

»Aha.« Er schien zu überlegen. »Sie haben Ihre Schreibmaschine am Zoll vergessen«, sagte er.

»Das hab ich eben entdeckt«, sagte ich, »wie kann ich Ihnen danken?«

»Schon gut. Wie geht's Ihnen sonst?« fragte er.

»Es geht. Ich dachte, Sie leben zur Zeit in Kopenhagen?« fragte ich meinerseits.

»Kopenhagen?« Paratuga sah mich verächtlich an, schnupperte dann vor sich hin, in französischen Bahnabteils riecht es nicht unoft nach verfaulten Früchten oder verwundeten Soldaten, »wieso Kopenhagen, ich bin kein Freund von Schweinereien, Sie sollten das wissen.«

»Nicht Kopenhagen?«

»Unsinn.«

»Sie schickten mir aber eine Ansichtskarte?«

»Hab ich in Auftrag gegeben. Ich lasse immer Ansichtskarten im Auftrag an meine —«, er räusperte sich, »Bekannten und Verwandten schicken. Ich hab gearbeitet, in Bern.«

»Bern?«

»Zufällig hatte ich einen Einführungskurs für Privatdetektive gelesen und da gerade ein Fall zu bearbeiten war, ich befand mich auf der Durchreise, hab ich mich gemeldet. Gfeller und Reich, ein angesehenes Bureau. Der Fall, den man mir anstandslos übergab, man hat seine Freunde in den diplomatischen Diensten, nicht wahr, erwies sich allerdings als unergiebig. Der Fall ist zwar erledigt, doch kaum zur Zufriedenheit der Auftraggeber Gfeller und Reich, wie ich fürchten muß.«

Paratuga hatte sich auf dem Sitz gegenüber niedergelassen. Die Eisenbahn hämmerte auf den Schienen, vor den Fenstern hockte die Nacht, man erkannte einen Wald. Paratuga bohrte seinen Hinterkopf in das Polster.

»Fahren Sie nach Paris?« fragte ich.

»Vielleicht«, antwortete er schläfrig, »ich möchte nun sechzehn Minuten schlafen, dann wecke ich Sie und wir plaudern noch ein bißchen, ja?«

»Sechzehn Minuten?«

»Ich werde Sie wecken«, sagte Paratuga, »keine Bange. Seit gestern, Gfeller und Reich eben, bin ich noch präziser als früher.«

»Was war das für ein Geschäft? Import-Export?«

»Nein. Privatdetektive. Verbrechen.« Paratuga schlief ein. In seinen Nasenlöchern wucherte ein Dschungel von Härchen; das Rosa der Gesichtshaut leuchtete wie die Ungeborene: Ein Mund. Zwei Ohren. Ein Gesicht. Dösen.

Angsttraum: Ein leerer Kinderwagen, frühmorgens um 5 im Wald, Unterholz, zertrampelte Pilze, und wieder der leere Kinderwagen, und ein Mensch mit einem Schullehrergesicht, der vor sich hin pfeift und ausnahmsweise spät, früh, spät, früh, spät, früh, spät, früh, spät ... und ein leerer Kinderwagen ... früh ... nach Hause kommt ... spät, zu früh.

II

Als ich erwachte, hatte mir jemand einen Hut aufgesetzt. »Ein Mann, der mir gegenüber sitzt und schläft, stört mich ohne Hut«, sagte Paratuga, »nehmen Sie ihn wieder ab, entschuldigen Sie.«

Ich nahm den Hut ab, betrachtete ihn und warf ihn auf die Bank gegenüber.

»Ich bin eben aus einem Alptraum erwacht, mein Nichtraucherbein soll mir abgenommen, amputiert werden, Sie verstehen, Spital und all das, man beginnt mit der Narkose und ich weiß nicht mehr, was links und rechts ist, ich ahne es, weiß es jedoch der Chirurg? Ich wehre

49

mich, der Chirurg ist Linkshänder – Sie verstehen, sehr unangenehm. Sie gestatten, wenn ich einen Augenblick frische Luft einatme.«

Er erhob sich und zog das Fenster herunter. Der kalte Luftzug weckte. Zur Zeit hatte Paratuga ein gutes Gesicht.

»Die viele Arbeit an der frischen Luft«, bemerkte er und zog das Fenster wieder hoch. »Sehr wenig Spesen, leider, nicht mal ein neuer Regenmantel war nötig, ein Vorteil der Berner Lauben. Hatte nur in der Innenstadt zu tun.«

Es geziemt sich nicht, Paratuga direkte Fragen zu stellen, und so erkundigte ich mich nach dem Wetter dort.

»Bern ist eine alte Stadt, wissen Sie, wenn es regnet, kann man die meisten Einkäufe ohne Regenschutz besorgen, die Lauben, wie ich schon sagte, überdeckte Passagen vor den Geschäften.«

»Sie haben also hauptsächlich eingekauft?«

»Leider kam ich fast nicht dazu, ich arbeitete für G. + R. Vier ältere Damen, Bernerinnen, waren wenige Tage nach ihrer Heirat verschieden, alle an Herzschlag.«

»Und das stimmte mißtrauisch?«

»Ja, weil alle vier mit ein und demselben Mann verheiratet waren, einem Türken.«

»Aha.«

»Roshdi Saffah mit Namen, 27 Jahre alt, von den Berner Lauben her gesehen ein exotischer, hübscher Mann, hatte mit den vier Damen im Laufe von etwas mehr als drei Jahren den Bund der Ehe geschlossen. Alle starben, glücklich, hatten die Zeit vor dem Sterben auch glücklich gelebt, wie mir die Nachbarn bestätigten, auch die Frauen der Nachbarn.«

»Und so verhafteten Sie den jungen Türken unter den Lauben?«

»Unsinn. Der Türke sprach mich an, im Getümmel vor dem Warenhaus Loeb, bat mich, ihn zu verhaften. Ich dankte ihm, versteht sich, in den insgesamt acht Mal, da ich als Privatdetektiv arbeitete, ist mir dies nur einmal widerfahren, in Grenoble, ein Lustmörder, der seinerzeit für die Résistance gearbeitet hatte. Als Privatdetektiv besaß ich nicht die Möglichkeit, ihn zu verhaften, und so begaben wir uns in ein Café —«

»Wie konnte er *Sie* als Privatdetektiv erkennen?« fragte ich.

»Das sind so private Kniffe.«

»So?«

»Ich fixierte während Stunden ein Küchengerät in einem Schaufenster bei Loeb. Wenn man das lange genug tut, wird man oft von Leuten angeredet, die entweder vermißt sind oder von der Polizei gesucht werden.«

»Sie fixierten irgendein Küchengerät?«

»Kann man etwas Geheimnisvolleres fixieren?« fragte Paratuga.

»Jedenfalls scheint Ihre Mission erfolgreich gewesen zu sein«, bemerkte ich.

Lichter häuften sich im Fenster, die Eisenbahnwaggons wehrten sich gegen die Bremsen, Lichter und Schatten fielen abwechselnd herein. Der Zug hielt knirschend, ruckend. Belfort. Rauch und Dampf und Nacht und Schlachtgeräusche; Soldaten stiegen ein, Pfeifen, Geräte, die auf Eisen aufschlugen, Flüche —

»Mein Cousin, Becker, Jean-Jacques, fiel 1917«, erzählte Paratuga, »nicht in Belfort, bloß die letzte Postkarte war hier aufgegeben, er blieb vermißt. Die Gefallenen steigen hier ein, man weiß das, aber wo steigen sie aus?« Paratuga schloß das Fenster wieder.

»Was sagten Sie eben?«

Paratuga seufzte. »Ich gedenke einen langen Schlaf zu

tun«, sagte er, »hier ist das Album, das Album mit den vier Frauen, die er . . . wie sagt man, geehelicht hatte, Zeitungsausschnitte, *recherches de ma part, quoie* – interessiert Sie das überhaupt?« Er holte ein Dossier aus einer der Reisetaschen und stemmte es mir entgegen wie ein Gewicht. »Bitte wecken Sie mich, sollte da eine Unklarheit sein. Dankeschön.«

Paratuga zog ein riesiges Taschentuch – darauf eine Eiche abgebildet war – aus seiner Hosentasche, streifte die Schuhe ab ohne die Schnürsenkel zu lösen, und breitete das Taschentuch unter den emporgezogenen Füßen aus, säuberlich, dann legte er sein Haupt unter die Innenseite der gefalteten Hände. »Man braucht nicht religiös zu sein, wenn man die Hände unter dem Kopf faltet«, bemerkte er. »Eine Reisegewohnheit.«

»Jeder hat seine Reisegewohnheiten«, sagte ich. »Sie gestatten das geräuschvolle Blättern?«

»Nichts, das nicht diskret vonstatten gehen könnte«, sagte er. »Auch Blättern. Bitte erschrecken Sie nicht, wenn ich von Zeit zu Zeit laut von eins bis zehn zähle, ich habe mir das so angewöhnt. Ich pflege meine Zehen zu zählen, wenn ich in Begleitung reise.«

»Jeder Geschäftsreisende tut das«, bemerkte ich verärgert, »warum nicht Sie?«

Paratuga begann zu schnarchen, regelmäßig, und nach einer Weile hörte es sich wie irgendein Geräusch des Zuges an.

Gibt es etwas Schöneres, als allein und glücklich mit einer Sammlung von Verbrechen zu sein? Ich grub in Manteltaschen nach dem Schinkensandwich und biß dann in Fleisch und Brot, Butter und Gurkenschnitze, ein Sieg über Nacht und Einsamkeit.

Ich las:

Wwe. Alice Böhrlin, née Morgenthaler, geb. 1911,
Gatte Albert, geb. 1899 in Spiegel bei Bern.

Roshdi Saffah, im folgenden R. S. genannt, oder Roshdi, lernte Frau Alice Böhrlin um fünf Uhr abends, Dez. 71, (Roshdi erinnert sich nur an einen Montag) kennen, am oberen Nydeggstalden, wo sie sich mit einem Neger unterhielt, der bei der PTT (Post & Telegramm & Telephon) Englischstunden erteilte. Roshdi, der über einige Englischkenntnisse verfügt, kam nach Verabschiedung des Negers zufällig ins Gespräch mit Frau Böhrlin. Frau Böhrlin, den Ansprechenden für einen Italiener haltend, lobte ihre Minestrone, verurteilte den mangelnden Antcil an Eigelb in italienischen Teigwaren. R. S. fand sich nach einem kurzen Rundgang, bei welchem er einen Blumenstrauß erstand, im Heim von Frau Böhrlin ein. Nach Angaben von Roshdi setzte Frau Böhrlin dem Eingeladenen keine Minestrone vor, sondern lud ihn sonst ein. Noch am selben Abend schlug die Einladende Herrn Roshdi eine Verlobung vor; noch unentschlossen gab Roshdi eine solche Möglichkeit zu und zeigte sich für den Augenblick zumindest zu weiteren Intimitäten bereit, was Frau Böhrlin im Verlauf des späteren Abends zu der entgegenkommenden Feststellung bewegte, sie könnte bis zum Herbst auf eine Verlobung verzichten, falls R. S. sich regelmäßig bei ihr sehen ließe, da Regelmäßigkeit von den Anwohnern akzeptiert würde. Roshdi erklärte sich zur Regelmäßigkeit bereit, was in der Folge auch der Fall war. Herr Roshdi wohnte dreimal pro Woche Frau Böhrlin bei, blieb aber nie bis zum Morgen, nicht zuletzt auf Grund sprachlicher Schwierigkeiten, Herr Roshdi versteht ziemlich alles, hat jedoch Schwierigkeiten, sich Berndeutsch auszudrücken, weniger ein Ohrenproblem also als vielmehr eines der Zunge.

Während der Beiwohnungen vernahm Roshdi viel über die mangelnden Liebesvorbereitungen des verstorbenen Albert Böhrlin und gewöhnte sich dabei eine ihm im Blut sitzende diesbezügliche Freizügigkeit an, die sich Sprachschwierigkeiten entzieht und durchaus orientalischen Charakter besitzt, so daß sich in der Sinn-Erinnerung von Frau Böhrlin ihr seliger Gatte nicht zuvorkommend ausnahm. Nach dreimonatigem regelmäßigem Beiwohnen scheint Herr R. S. etwas seiner Orientalistik verlustig gegangen zu sein und gewöhnte sich mehr an westliche Manieren, was wiederum zur Folge hatte, daß er sich dort weniger aufzeigte. Er beschloß, das verschlungene Verhältnis zu lösen. Frau Alice Böhrlin indes wies auf ihre Besitztümer hin, zwei Häuser, Aktien (nicht vorhanden) und etwelches Bargeld. Herr R. Saffah zeigte sich einer Wiederkehr nicht abgeneigt, entriet jedoch einer Festigung der menschlichen Beziehungen im Sinne einer Eheschließung. Die Heirat fand am 5. Oktober statt, im kleinsten Kreis, da die Familie des Ehemannes entfernt lebt (Türkei) und die Verwandten und zwei verheiratete Kinder der Frau A. Böhrlin sich zu kommen weigerten. Nach einer kleinen Feier im Zähringerhof begaben sich die Neugetrauten nach Hause, wo Frau Böhrlin – nach Angaben von R. Saffah, kurz Roshdi genannt – noch etwas Glühwein bereitete. Drei Viertelstunden später erlitt Frau Böhrlin eine Herzschwäche, der sie kurz nach Eintreffen der Ambulanz, nach der ihr Ehemann persönlich gebeten hatte, erlag. *Rapport von Polizeimann L. Hüppi, 5. Oktober, welcher Herrn Roshdi Saffah befragt hatte.*

Paratuga schlief nicht.

»Zwei Seiten haben Sie umgeblättert. Diesen Rapport

erhielt ich auf Grund einer Indiskretion, man ist als Privatdetektiv auf solches angewiesen, Sie verstehen.«
Ich nickte.

Paratuga guckte auf die Armbanduhr – »Geschenk von Roshdi Saffah«, meinte er –, »Sie werden den nächsten Rapport in ungefähr drei Minuten gelesen haben, ein persönliches Gespräch mit Herrn Saffah, es schildert die Bekanntschaft und das Ende mit der zweiten Frau. Lesen Sie's bitte. Der Text ist nicht sachlich bearbeitet, nur sprachlich, geringfügig.«

Ich las, wacklige Buchstaben einer alten Underwood wohl, las: »Frau Wiederkehr, meine zweite Frau, sprach mich in der Lebensmittelabteilung der Migros an, sagte: Bei euch Türken hat unser Duttweiler auch eine Migros geschaffen. Sind die Preise billiger dort? Ich sagte ja. Duttweiler und seine Migros sind sehr bekannt bei uns, wahr, nicht wahr? Frau Anita Wiederkehr, meine zweite Ehefrau, damals noch nicht, war Witwe, und so kamen wir ins Gespräch, ihr Mann schaffte bei der Post, gestorben acht Monate zuvor. Alt? 51 Jahre und zwei Häuser, häufig bei Schweizer Witwen. Die Nachbarn von ihr hätten nicht gerne Besuch, redeten immer. Sie wollte immer nach Ankara gehen, mit dem Flugzeug an Ostern, doch ihr Mann war geizig und sagte immer: Die Türken sind ärmer, was willst du dort? Nun freute sie sich über einen Türken, der auch nicht reich ist, da sie ja zwei Häuser von ihrem Mann hat, vielleicht könnte ich ihr meine Heimat zeigen und die Migros, um die Preise zu vergleichen, die hier in der Migros immer so gepriesen werden, ich sagte ja, ich habe eine Preisliste zu Hause, und Frau Wiederkehr, meine zweite Frau, sagte, das nähme sie schon schwer wunder. Sie nahm auch wunder, ob ich schon mit Bernerinnen aus der Stadt geschlafen hätte und wie sie heißen, ich nannte aber den

Namen nicht, obschon sie mich heiß darum bat. Dann liebte ich sie sehr, sie lachte aber nur, sagte, von einem Türken hab ich schon was anderes erwartet, dann liebte ich sie noch mehr. Sie schenkte mir acht Uhren, sagte, die können wir dann bei dir zu Hause privat verkaufen, echte Schweizer Uhren, da werden sie schauen bei dir daheim, wenn du so ein paar Uhren an einem Handgelenk hast, schon die Russen haben gestaunt 1945, wenn sie eine Uhr sahen, obwohl die Russen überhaupt keine Beziehung zur Zeit haben, die leben zeitlos, so redete sie, und sagte immer, lieb mich noch einmal, wenn du wie im Film Tausendundeine lieben kannst, bist du mehr als ein Türke und ich werde dich heiraten, dann können sie dich nie ausweisen, weil man Ausländer, die zweimal von Schweizerinnen geheiratet worden sind, nicht ausweisen kann, wir heirateten dann, obschon sie meine erste Frau gekannt hatte, eine Hure, sagte sie, der ganze Nydeggstalden weiß das, wir heirateten, ihre Kinder wollten nicht zur Hochzeit kommen, die Trauzeugen waren Landsleute, weil: Türken bringen Glück, sagte sie, und als wir gefeiert hatten, gingen wir nach Hause. Ich war nicht glücklich, meine kleine Schwester war zu Besuch, wollte Arbeit suchen, aber meine Frau, Frau Wiederkehr, sagte, das sind mir wieder türkische Sitten, wenn die Schwester bei allem dabeisein muß, wahrscheinlich will die bloß erben, sagte sie, typisch. Ich will dich jetzt allein haben, deswegen haben wir ja geheiratet. Ich war zornig und traurig. Warum mußte sie überhaupt hierher kommen, fragte sie, die Migros gibt es ja auch dort, oder? Tagelang redete sie so. Wenn ich einmal müde war, schimpfte sie über die Türken, sagte, die Männer bei uns reden nicht über Mais, die haben Kolben, blond und gelb, und wenn du was bist, lieb mich wie beim ersten Mal, und da fiel mir etwas ein und ich tat es. Es gefiel ihr, sie geriet dann außer Atem und ich half beim Tragen zur Ambulanz. Im Spital mußte ich lange warten, dann kam ein Arzt, sagte, wenn Frau Saffah-Wiederkehr Ihre Frau ist, dann lebt sie nicht mehr, sie hatte einen Herzanfall, wollen Sie sie anschauen, damit wir die Polizei anrufen können, Sie verstehen doch Berndeutsch, oder?«

»Drei Minuten«, sagte Paratuga, als ich umblätterte. »Überspringen Sie den dritten Fall, er ähnelt zu sehr dem zweiten —«

»Heiratete er auch die dritte?« unterbrach ich.

»Freilich.«

»Auch eine Bernerin?«

Paratuga nickte. »Aus Wabern. Sie war die älteste von Roshdis Frauen, einundsechzig, Heimarbeit, nicht unansehnlich, wenn man den Typ mag, Erspartes auf der Bank, nicht viel, immerhin über achtzigtausend, sie muß schon zwei Jahrzehnte vor ihrer Geburt jährlich Zehntausend auf die hohe Kante gelegt haben . . .« Es war denkwürdig, Paratuga lachen zu hören. Er lachte nie über etwas. Lachen gehörte zu ihm wie zu einem Pferd. Doch er lachte, just in diesem Moment —: »Nun ja, überfliegen Sie noch den letzten und vierten Fall, die letzte Ehe unseres Freundes, blättern Sie, gelbes Kopierpapier, noch immer. Tonbandbericht Roshdis.«

Ich las: »An einem Sonntagmorgen zog ich trotz Trauer über den Tod meiner Frau an einer Kirche vorbei, tue ich oft, weil ich an den heraushängenden Bildern vor den Kinos überlege, wo ich am Nachmittag hingehen soll. Mein Entscheid sollte mir nicht leicht fallen, denn vor der Matthäus-Kirche sprach mich eine nicht unalte Frau an, eine junge, sagte: Kennst Du Jesus oder bist Du ein Künstler? Wenn Du Jesus nicht kennst und ein Künstler bist, dann schenke ich dir dieses Buch hier, ich soll nicht erschrecken, sagte sie, es ist nicht die Bibel, es ist ein Buch über die Bibel, besser als die Bibel. Zu Hause hatte sie dann viele Bücher. Ihr Mann war ein gottloser Künstler gewesen, erzählte sie, Kunstmaler, viele Leute kaufen noch immer seine Bilder, immer am Freitag und Samstag wartete sie in seinem Atelier, die Leute kaufen noch immer, nicht weil die Bilder gut sind, sondern weil die Leute sie, noch nicht meine Frau, mögen und wissen, was sie gelitten und erduldet hat, und sie weiß ganz genau, daß die Leute hinterher die Bilder aus Verachtung verbrennen, obschon viele inzwischen als eindeutige Fälschungen auf dem Kunstmarkt aufgetaucht sind. Ich zog dann zu ihr, weil ich nicht gerne in der Wohnung meiner verstorbenen Frau lebe. Sie wollte dann, daß ich auch male. Ich versuchte zu malen, sie saß immer auf dem Stuhl und sagte: Denk an deine Mutter, wenn du mich malst! Sie hatte große Brüste und ich dachte immer an meine Mutter, wie sie das verlangte, und malte große Brüste, weil Brüste einfach zu malen sind. Eines Tages, ich hatte frei am Montag, sagte sie: Du siehst immer die Brüste deiner früheren Frauen, ich kenne alle, es sind Huren und du mußt etwas können, sie schrie, du mußt etwas können, das du mir noch nie gezeigt hast, sonst hättest du nicht soviel geerbt. Schließlich zeigte ich es ihr. Dann heirateten wir, und ich zeigte es ihr wieder, weil sie mich wieder beleidigte. Sie starb im Spital. Der Arzt tröstete mich, sagte, das Herzversagen sei auf eine plötzliche Kontraktion des Bronchialsystems zurückzuführen. Er rief aber trotzdem die Polizei, und ich flüchtete.«

Ein Datum. Das folgende Kopierpapier war hellblau. Ich schloß das Dossier, das Paratuga Album nannte —; das Gelb der Glühbirnen dunkelte, und für Sekunden ging das Licht aus.

Finsternis.

»Augenblick«, flüsterte er, ich hörte, wie er sich beweg-
te, störrisch quietschten die Polster, Zeitungsblätter
raschelten, und als das Licht wieder anging, lag
Paratuga mit den Füßen gegen die Schiebetür des
Abteils, ein Zeitungsblatt über dem Kopf. »Lesen Sie
ruhig weiter«, sagte er mit unterdrückter Stimme, das
Zeitungsblatt hob und senkte sich in der Gegend seines
Munds.

»Das hellblaue Kopierpapier ist an der Reihe«,
bemerkte ich.

»Schschscht! Lesen, einfach weiterlesen, ich tue nun als
schliefe ich. Aber bitte wecken Sie mich vor Vesoul,
nicht vergessen: Vesoul«, flüsterte er.

Ich nickte.

»Nicken Sie?« fragte er.

Ich nickte wiederum.

»Gut. Und nun, lesen Sie, was ich über die Weiber von
Roshdi Saffah herausgefunden habe. War kein Kinder-
spiel, darf ich wohl sagen, aber man hat so seine Beziehungen.«

»Und wie hat er die Weiber nun eigentlich umgebracht?« fragte ich. »Ist das Berufsgeheimnis?«

Paratuga seufzte unter dem Zeitungsblatt.

»Umgebracht? Muß denn immer gleich umgebracht
werden? Die Frauen sind den Umständen entsprechend
nicht unglücklich gestorben. Lesen Sie.«

Ich las.

»*Fall Nr.* 1. Wwe. Alice Böhrlin, née Morgenthaler, geb.
1911. Gatte Albert, geb. 1899 in Spiegel bei Bern. Der
Ehe war als einziges Kind eine Tochter, Evelyn, ent-
sprungen. Jahrgang 1932. Evelyn war ein reizendes
Kind, das dem Vater sehr ähnlich sah, der Mutter weniger. Es war später ein entsprechend ansprechendes Mäd-

chen, das noch im schulpflichtigen Alter ein Verhältnis mit dem Vater hatte, was von der Mutter Alice geb. Morgenthaler eines Tages entdeckt wurde. Trotz ihres Zorns (ihr Mann hatte jahrelang den Beischlaf mit seiner Frau überhaupt nicht mehr gepflegt) wurde sie nicht vorstellig und behielt die Sache für sich. Fünf Jahre später wurde Tochter Evelyn von einem italienischen Gastarbeiter geschwängert und warf das Kind nach einer Frühgeburt in die Aare. Die vorherige Schwangerschaft wurde von Nachbarn an die Behörden gemeldet. Die Leiche des zu früh geborenen Kindes wurde nie gefunden. (Großer Bildbericht in einer Tageszeitung.) Frau Alice Böhrlin meldete drei Tage später der Polizei, das Kind entstamme einem inzestuösen Verhältnis ihres Mannes und seiner Tochter und nicht dem Verhältnis mit einem Gastarbeiter italienischer Staatsbürgerschaft. Die Tochter starb an den Folgen der Frühgeburt und der Vater beging Selbstmord. (Apfelbaum, unweit der neuen Halen-Siedlung.)

Fall Nr. 2. Astrid Wiederkehr, geb.1911, née Jauslin, kinderlos. Gatte Wiederkehr, Karl, geb.1905, von Beruf Landjäger. Die Ehe soll nicht gut gewesen sein. (Berichte von Nachbarn.) Frau Alice Wiederkehr hat den jeweiligen Nachtdienst ihres Mannes dahin gedeutet, er benütze die amtliche Zeit für wiederholten Ehebruch, besonders da Landjäger Wiederkehr mehrmals unverrichteter Dinge vom Bauernhof der jungen Witwe Anne-Marie Segesser, née Thalmann, zurückgekommen war, ohne ihre Verhaftung vorgenommen zu haben. Schließlich beauftragte Frau Astrid Wiederkehr das Detektiv-Bureau (Name ausgekratzt) mit einer Augenscheinnahme. Ein Rapport besagte schließlich, daß Landjäger Wiederkehr lange Nachtstunden in jenem Bauernhof verbrachte und zu Verdunklungszwecken seinen Wagen in der Scheune versteckte. Um den Beweis seines Aufenthalts zu erbringen, schnitt der Agent des erwähnten Detektiv-Bureaus, selbstverständlich im Auftrag der Ehefrau Wiederkehr, née Jauslin, die zwei Reifen des versteckten Autos durch, so daß besagte Frau Wiederkehr um vier Uhr morgens ihren Ehemann beim Flicken und Radwechsel in flagranti ertappen konnte. Landjäger Wiederkehr, Karl, wurde vom Dienst suspendiert. Heute arbeitet er an einer Benzinstation. Alkoholiker.

Fall 3. Frau aus Wabern. Jahrgang 1908. Unansehnlich. Verfügte über Aufgespartes, Heimarbeiterin, auch Tochter einer Heimarbeiterin und eines Bauernknechts (zwischen 1905 und 1910 geboren), uneheliches Kind in den dreißiger Jahren, freiwillig zur Adoption an Unbekannt weitergegeben; wurde wegen wiederholter Mißhandlung von wertvollen Tieren (Milch, Fleisch, etc.) zu bedingt 10 Tagen Gefängnis verurteilt, arbeitete dann im Stundenlohn bei einer Familie an der Gerechtigkeitsgasse und verschied Mitte Juli an übermäßigem Alkoholgenuß, der bei der hospitalischen Versorgung, nebst akuten Herzbeschwerden, letalen Ausgang nahm. Gatte, Ausländer, Roshdi Saffah, türk., identifizierte und erkannte sie. Wurde prot.-evang. beigesetzt. Keine sonstigen Rechtsansprüche –« Paratugas Stimme schreckte mich auf.

»Wir werden auf diesen Fall zurückkommen«, flüsterte er, »entsetzlich.« Seine Nüstern gerieten in Erregung, so sehr, daß das Zeitungsblatt in die Nasenlöcher eingesogen wurde. »Im Gang draußen jemand beobachtet?«
»Nein.«
»Gut. Lesen Sie weiter«, der Atemstoß aus der Nase ließ das Blatt leicht auffliegen, »achten Sie auf die Bremsgeräusche des Zugs, Vesoul, süßes Vesoul, es kann nicht

fern sein, lesen Sie jetzt weiter.«

»*Fall Nr.* 4. Alma Pilet-Lejeune, geb. 1919, née Hugentobler. Alma Hugentobler war ursprünglich Haushälterin des später auch international bekannten Kunstmalers Charles Pilet-Lejeune, stadtorts in einschlägigen Kreisen auch für seine homophilen Neigungen bekannt; nach fünfjähriger ausschließlicher Tätigkeit als Besorgerin des Haushalts von Herrn Pilet-Lejeune entschloß sich dieser zu einer Weiterführung seines Geschlechts und heiratete Alma Hugentobler vier Monate nach der Schwängerung. Das Kind, Suzanne Catherine, mongoloid, starb 1943 nach achtjährigem Erdendasein. Alma Pilet-Hugentobler hatte – auch nach der Eheschließung – als Magd zu schalten und zu walten und wurde von ihrem Gemahl bei den wöchentlich zweimal stattfindenden gesellschaftlichen Empfängen wie Nachtessen nicht als Beisitzerin an der Tischrunde geduldet, sondern hatte sich in der Küche zu verköstigen. 1956 erlitt Herr Pilet-Lejeune einen Schlaganfall, der ihn zum Vollinvaliden machte. Glaubhafte Zeugen wissen sich zu erinnern, wie Frau Alma Pilet-Lejeune ihren Mann frühmorgens säuberte und dann auf einen Holzsessel, unter dem ein Topf zur Verrichtung der körperlichen Bedürfnisse angebracht war, setzte, und ihn dann dort meist bis zum Abend verharren ließ. Charles Pilet-Lejeune starb 1961 an einem zweiten Gehirnschlag . . .«

IV

Jemand riß an meinen Haaren und Schultern, meine Finger schlossen sich im jähen Erwachen zu Fäusten, ein Gesicht war vor meinem Gesicht, dunkel, pastellgefärbtes Oliv, »Sie Arsch«, fluchte der Schlund vor meinem Schlund, »Sie Drecksskerl, vor zehn Minuten Vesoul verlassen, wozu Sie glauben, daß leben, ja? Hat man nicht

ausdrücklich gebeten, Sie wecken, nein? Sie ich verge-
waltigen, wenn genügend Zeit —«, ich schlug die Hände
mit meinen Händen zur Seite und hob das Knie, um den
Mann loszuwerden, unnötig, er wischte hinaus, mein
plötzlicher Privatdetektiv-Blick erkannte: blau-weiß gestreifter Anzug, dunkler Hut, Sonnenbrille versteht sich,
Geruch einer exotischen Seife, viele *ü* in den wenigen
ausländischen Flüchen, ein Türke, kein Zweifel, nicht zu
reden von der Syntax.

Auf der Bank gegenüber lagen Zeitungsblätter, kein
Paratuga. Immerhin, ein paar Zeitungsblätter waren
zerknautscht, zu Bällen gerollt —

Zeichen eines Kampfes?

Mein Hemd war zerrissen, Wollfäden kringelten am
Pullover, auch empfand ich an der rechten Ohrmuschel
einen Schmerz, Riß.

»Um Himmels willen«, vernahm ich Paratugas Stimme.
Er stand in der Tür des Abteils, kaute.

»Sie kauen ein Schinkenbrot«, sagte ich genüßlich.

»Natürlich kaue ich ein Schinkenbrot«, die Ungerührt-
heit der Antwort brachte mich in Erregung, und ich
wiederholte, angewidert: »Natürlich ein Schinkenbrot.
Und inzwischen haben wir Vesoul verpaßt —«

»Augenblick, *Sie* haben Vesoul verpaßt, *douce Vesoul,*
ich nicht. Sie.«

»Verdammich, was ist denn so hinreißend an Vesoul«,
rief ich, »wollten Sie nicht einen Blick auf die Vororte,
den Bahnhof von Vesoul und weiß ich was —«

»Tat ich doch, tat ich, warf tatsächlich einen Blick auf
Vesoul, wunderbar, einfach wunderbar, wie eh und je.«

»Und ich?«

»Sie verschliefen Vesoul, und ich wollte Sie nicht wek-
ken —«

»Es war abgemacht —«

»daß Sie mich in Vesoul wecken«, fuhr Paratuga fort. Der Nagel seines kleineren Fingers stocherte in den Zähnen nach Schinkenresten, dann ließ er den Zeigefinger der linken Hand für die Zahnschaufeln nachfolgen.

»Bald befinden sich mehr Finger in Ihrem Maul als Zähne«, bemerkte ich, meiner Gehässigkeit bewußt.

»Stimmt«, stimmte Paratuga bei, »doch meine Finger fühlen sich wohl. Die Ihren wären bei Ihrem nervlichen Zustand und Maul längst zermalmt.«

Zwei Zeitungsbälle kickte ich vor mich hin.

»Ist was?« fragte er mißtrauisch, noch immer oral fingernd.

»Ein Türke«, antwortete ich. »Ein Türke war hier, würgte an mir, hier —«, ich zeigte ihm die Würgmale und die Risse am Hemdkragen.

»Um Himmels willen«, sagte er, diesmal aufgeregter, »wie war er gekleidet?«

»Blau-weiß gestreifter Anzug, dunkler Hut, Sonnenbrille.«

Man kann nicht sagen, Paratuga sei erbleicht, das war nicht seine Art, vielmehr wurde die Farbe seines Anzugs ein wenig dunkler (und hob damit die Haut heller ab).

»Das war sein Bruder, Roshdis Bruder, meine ich, ja das *war* der Bruder.«

»Und der will sich rächen an Ihnen?«

Paratuga sah mich verständnislos an, »wieso an mir?«

»Sie haben seinen Bruder dem Gesetz ausgeliefert oder vielleicht nicht?«

»Natürlich nicht«, rief Paratuga, »wie kommen Sie zu sowas? Der ist wie jeder andere bei einem Autounfall umgekommen.«

»Wie?«

»Wie? Ach so. Nach seinem Geständnis, das Sie ja kennen —«

»Woher soll ich das Geständnis kennen? Woher? Und zuerst: Wie ist der verdammte Türke umgekommen, wann, wo?«

»Als er das Geständnis abgelegt hatte, übernahm ihn die Furcht und er rannte hinaus, sein Auto stand irgendwo in der Nähe, er fuhr los, gejagt von den Erynnien, hinaus, hinaus, hinaus, die Erynnien —«

»Lassen Sie den mythologischen Quatsch«, unterbrach ich, »wohin fuhr er?«

»Richtung Herzogenbuchsee, dann ein Seitenweg, ein Bauernhof, ein zweiter Bauernhof, ein dritter — und da, da! jetzt: Ein Sennenhund, alt und geliebt, spielte eben mit Kindern und zernagte seine alten Zähne am Plastikball, mit dem sie spielten, zuschanden, grauenhaft, was heute so ein Tier —«

»Weiter«, sagte ich. »Das Ende.«

»Das übliche. Der Hund war sofort tot. Roshdi Saffah stieg aus, die Kinder rannten fort, weinten, schrien — Sie kennen das —«

»Warum soll *ich* das kennen?«

»Ich meine nur, ja, dann kam ein Bauer mit seinem Knecht gerannt, fluchend und mit Stöcken, Jaeggi und Geiser, und die hauten ihm ein paar über den Kopf, denn sie waren vom Anblick des toten Hundes und des Türken ziemlich erschreckt, ist ja auch viel auf einmal, und der Türke fiel mit dem Kopf gegen das Auto, starb dann in den Armen von Jaeggi und Geiser, die ihm die Augen zudrückten —«

»Beide? Ich meine Jaeggi und Geiser, der eine das linke Auge, der andere das rechte, wie?« Selbstverständlich war ich empört.

Paratuga mimte Nachdenklichkeit. »Ja. Genau so. Jaeggi das linke, Geiser das rechte Auge. Ich kenne die Begräbnissitten jener Gegend nicht so genau, das Augenschließen eines Toten ist ja noch immer ein schöner Brauch, finden Sie nicht?«

»Sie sind ein Zyniker und Kosmopolit«, sagte ich.

»Unsereiner hört das nicht gerne«, bemerkte Paratuga finster. »Besonders wenn man sich lokal derart Mühe genommen hat.«

»Wie hat der Türke —«

Paratuga unterbrach diesmal mich. »Welcher Türke?«

»Ihr Türke. Wie hat er denn die Frauen umgebracht, wenn diese beiläufige Frage an einen weltgereisten Herrn nicht unziemlich ist, hm?«

»Roshdi? Er kitzelte sie. Er kitzelte sie, kitzelte bis sie den Geist aufgaben. Es gibt kein Gesetz, das einem Ehemann verbietet, seine Frau zu kitzeln, die Frauen mögen das, nicht wahr, jedenfalls erhob keine Frau Klage, wenn sie das Kitzeln überlebte, und die, die es nicht überlebten, klagten nicht. Im Sinne des Gesetzes starb er unschuldig.«

Nachdem Paratuga dies gesagt hatte, faltete er seine Hände und begann zu schwitzen. »Ich mag Sie«, keuchte er, »wirklich.«

»Sie brauchen deswegen doch nicht zu beten«, antwortete ich, noch immer erbost.

»Der Zug«, stammelte er, »der Zug . . . Roshdis Bruder will Sie umbringen, ich weiß es . . . ich weiß es . . . der junge Mann im gestreiften Anzug, der Sie würgte — er will Sie umbringen.«

»Wieso mich?«

»Weil Sie mein Freund sind.«

»Warum soll er nicht Sie umbringen, warum mich?«

»Niemand bringt mich um. Immer die Freunde, immer nur meine Freunde.« Und damit begann er zu weinen. »Merken Sie eigentlich nicht, daß der Zug nicht mehr fährt, unser Wagen fährt nicht mehr, er steht bewe-

gungslos, jemand hat unsern Wagen abgehängt –«
Ich sah aus dem Fenster. Paratuga hatte recht. Der Zug
stand still. Die Landschaft stand still. Die Lichter fun-
kelten an Ort. Die Äste eines nahen Baumes vor dem
Fenster standen starr.

»Hinaus, hinaus«, gellte Paratugas Stimme, ich versuchte meinen Koffer an mich zu reißen, doch er stieß
mich vor sich her, in den Korridor, seine Verzweiflungs-
kraft stieß mich zur Tür hinaus und ich schlug auf den
Steinen auf, purzelte einen Abhang hinunter, und im
Fallen noch sah ich die Lichter einer Lokomotive. Pfeifen. Grelles Pfeifen und Kreischen der Bremsen. Es war
das Ende: *Und in Sekundenschnelle zog der Film meines
Lebens noch einmal an mir vorbei.*

V

»Können Sie sich wenigstens an das Ende Ihres Lebens
erinnern, als der Film vor Ihren Augen abrollte?« fragte
Paratuga betrübt.
Wir saßen im Spital von Vesoul. Ich hatte im Sturz
einen Finger gebrochen; wir tranken Kaffee, den
Paratuga über die Straße hatte holen lassen, draußen
wartete bereits ein Taxi, er insistierte, mich nach Basel
zurückzubringen, noch in derselben Nacht.
Nein. Ich konnte mich an nichts erinnern.
Wir warteten noch eine geraume Weile auf den Arzt. Er
kam nicht. Eine halbe Stunde später wurden die ersten
Opfer des Zugunglücks auf Bahren hereingetragen.
Paratuga erkundigte sich immer wieder. Elf Tote.
Paratuga erkundigte sich so lange, es war drei Uhr
morgens, bis ein ziviler Nothelfer bestätigte, daß unter
den Toten ein Türke war.
Dann gingen wir hinaus zum Taxi.

I

Vor ein paar Jahren traf ich ihn über Mittag in einem Horn-&-Hadardt-Automat, ich hatte Münzen für ein Tomatenthonkäsesalat-Sandwich eingeworfen, Paratuga ließ sich Spaghetti und Fleischklößchen mit Sauce auf einen Teller schmieren, es roch ranzig, doch er schüttelte bloß den Kopf. »Es riecht nach verbrannten Banknoten. Kennen Sie den Geruch nicht?« Nein, ich kannte ihn nicht. Woher? In meiner Kindheit wurden abgegriffene Kupfermünzen mit Schmierseife gewaschen, immerhin gewaschen. »Da«, Paratuga griff in die Tasche und hielt mir ein Bündel Dollarnoten unter die Nase. »Verbrennen Sie das hier, und Sie werden genau riechen, was ich meine. Warum schütteln Sie den Kopf? Sie wollen kein Geld verbrennen? Dann verbrennen Sie es eben nicht. Aber Sie bringen sich um eine Erfahrung. Der Pöbel versteht einfach nicht, wieso das Verbrennen von Geldnoten eine neue Erfahrung mit sich bringt. Die Leute sehen schnöderweise nur, was sie sich damit kaufen können.«

Ich schwieg, steckte das Geld ein. Vermutlich setzte ich dabei einen mürrischen Gesichtsausdruck auf, rührte in meinem Glas Eistee, es war Hochsommer und die Ambulanz hatte eben auf der Bahre einen alten Mann hinausgetragen, der einen Schlaganfall erlitten hatte, während ich nachdachte, was ich mit dem Geld kaufen würde. Schuhe zuerst, Bücher, und eine Woche lang chinesische Küche genießen, und während ich darüber die morose Atmosphäre vergaß, stocherte Paratugas Gabel in seinen Spaghettis mit Sauce wie ein Bauer im Wildheu herum, und er redete weiter, immer noch über den Geruch verbrannter Geldscheine, in Bogotá zum Beispiel, über den Geruch der deutschen Währung während der Wirtschaftskrise – er rümpfte die Nase –, er sprach vom Geruch des Papiergelds, das Pancho Villa in Mexico selber hatte drucken lassen, er redete vom Geld wie ein Gourmet, beschrieb die Gerüche einer Dollarnote, die er in Toronto gewechselt hatte –

»Warum in Toronto?« fragte ich gereizt.

»In Toronto«, wiederholte er.

»Wieso Toronto, zum Teufel?«

»Ach so, ich verstehe Ihre Frage. Die Antwort ist, ich trug kein Kleingeld bei mir. An sich sollte man Kinder nicht ausrauben, stimmt.«

Ich wollte mich verabschieden.

»Ich beabsichtigte, Ihnen meine neuen Betrachtungen eines bestimmten Phänomens auseinanderzulegen«, sagte er. »Aber wenn es so eilt mit dem Geldverbrennen«, fügte er hinzu, »bitte sehr –«

»Gut. Ich kaufe mir ein Paar Schuhe, den Rest verbrenne ich zu Hause.«

»Tun Sie, was immer sie wollen. Doch ich warne Sie, der Geruch des restlichen Geldes bringt Ihnen keine Erfahrung, Sie können es ebenso gut verschenken. Nein, ein bestimmtes Phänomen wollte ich mit Ihnen besprechen. Wenn Sie Geld nicht riechen können, ist das Ihre Sache.«

»Natürlich rieche ich Geld gerne. Als sinnlicher Mensch liebe ich – bis zu einem bestimmten Punkt freilich – auch verbranntes Geld gerne, ich weiß nicht . . .« Ich roch meine Heuchelei und schwieg, wartete auf seine höhnische Lache. Er überhörte mich. Scheinbar.

Persönliches möchte ich sonst nicht über ihn äußern. Wenn er zufällig im Land ist (wobei ich das Wort

›zufällig‹ im Zusammenhang mit Paratuga sparsam in Gebrauch nehmen möchte), wie immer, wenn er im Land ist, gehen wir zuweilen miteinander ins Kino, ein Kino ist das Land seiner Träume. Wir schreiben beide über Filme, nicht regelmäßig, was meine Person betrifft. Paratuga schreibt für ein Kopfblatt, das in Toronto, Quebec und Montreal erscheint. Eines Tages will er selber einen Film drehen, er muß bloß den richtigen Kameramann finden, den richtigen Hauptdarsteller und die richtige Hauptdarstellerin und den richtigen Cutter, er muß auch erst den Regisseur finden, der ihm paßt. Für Pasolini und Buñuel jederzeit, doch die schreiben ihre Drehbücher ja immer selber, lassen sich jedenfalls nicht dreinreden bei der Arbeit, und er, Paratuga, möchte ums Leben gern dreinreden, da sieht er sein Genie, es ist ihm nicht abzusprechen übrigens, doch wer will mit solchen Leuten Filme drehen, nicht wahr?

Ein Filmprojekt, mit dem mich Paratuga vor zwei Jahren über Gebühr quälte, handelte von einem Mann namens Dr. Francis Plow. Dr. Francis Plow war 66 Jahre alt und lebte in Albaquerque, und er pflanzte in seinem Garten Wassermelonen, damit die Kinder sie stehlen könnten. Dr. Plow war der Ansicht, Kinder könnten nur glücklich aufwachsen, wenn sie Gelegenheit hätten, hie und da eine Wassermelone zu stibitzen. Natürlich würde Dr. Plow dann fluchend und stockschwingend aus dem Haus rennen, so rasch es seine 66 Jahre zuließen. Sonst macht das Stehlen den Kindern ja keinen Spaß. Diesmal kam Paratugas Film nicht zustande, weil ihm die Kinderdarsteller nicht gefielen. Drei Jahre vorher hat er sich (und mich) mit einem Film über Kannibalismus geplagt, kein sozialkritischer Film natürlich, nein, ein Drama, ein menschliches Drama, in der Wüste oder im Andengebirge: Ein junger Arzt, der mit seiner Lieblingskrankenschwester einen Flugzeugabsturz überlebt. Schließlich stirbt aber auch sie, und nachdem sich der junge Arzt alle andern im Schnee konservierten Leichen einverleibt hat, gerät er in Gewissenskonflikt. Soll er das auch mit seiner Lieblingskrankenschwester tun? Ich möge ihn, Paratuga, beraten, mir die Problematik überlegen, es handle sich ja um eine.

Er rief mich an, bevor ich zu einer Entscheidung gekommen war, sagte: »Der Kannibalenfilm ist abgeblasen. Ein differenzierter junger Arzt wie mein Arzt könnte einen Fuß nicht verspeisen, wenn er sich beim Zubeißen vorstellt, wie die Besitzerin des Fußes einmal aufgeschrien hat, als sie auf einen Reißnagel trat.« So ließ Paratuga die meisten seiner Filmpläne wieder fallen. Sein letztes Projekt betraf einen Walliser Bauernbub, den er in Philadelphia kennengelernt hatte, in einer Bar; der Walliser Bauernbub war allerdings kein Knabe mehr, er war 62 Jahre alt und jodelte allabendlich für ein Entgelt. Der gealterte Bub dichtete auch und eines der Gedichte legte Paratuga mir vor, fragend, ob mich das nicht zu einem Dialektdrama inspiriere.

Diesmal, Paratuga telefonierte am Abend zuvor, verabredeten wir uns vor dem Kino, wo Bertoluccis »Last Tango in Paris« gespielt wurde, für die Fünfuhrvorstellung. Ja, und so fand ich mich gegen fünf vor der Kinokasse ein. Paratuga wartete frierend, nein, bitte, er habe den Film schon gesehen, die tote Frau gefiele ihm am besten, das käme vielleicht daher, daß seine eigene Mutter noch lebe, vielleicht sei der Film trotzdem sehenswert, lieber wäre ihm ein Gespräch, nicht gleich im Taxi, »Roßbergstraße elf«, flüsterte er zum Taxichauffeur, der hilfreich das rechte Ohr Paratuga zuneigte, er schien die Adresse zu kennen, wiederholte sie flüsternd, »gleich neben dem Haus des blinden Briefträgers«, fügte er, die Stimme noch immer geduckt, hinzu. Der Chauffeur nickte.

Der Wagen hielt an. »So diese modernen Vororte, nicht wahr«, bemerkte Paratuga schaudernd und streckte dem Chauffeur einen Schein entgegen, half sich – nicht eben behende – aus dem Wagen, er quälte sich, ich betrachtete ihn. Er war gealtert, merkwürdig, nach den vielen Wiedersehen: Paratuga alterte nie mehr als das erste Mal.

Das Haus, Roßbergstraße 11, sah nicht wohnlich aus. Weiße Lappen, einst Seidenvorhänge, zerfaserten hinter schmutzigen Fensterscheiben, ein Schuh lag auf einem Sims, und vom ersten Stock drohte, an einer Schnur baumelnd, ein verwitterter, resedagrüner Holzladen herunterzufallen; jemand hatte ausgedrückte Zahnpastatuben gesammelt und in einer Pappschachtel schließlich vergessen, die Pappschachtel stand neben einem Hundehaus, das aussah wie ein architektonisches Modell des Hauses Roßbergstraße 11. Selbst die Fenster und Läden waren, *trompe d'oeil*, vorhanden und in den Farben verwittert.

Hundegebell schlug aus dem Hundehäuschen, abgehackt, leer –: wer Hunde fürchtet, weiß, was ein blekkender Hunderachen ist.

Paratuga, er trug einen Lodenmantel, winkte zuerst dem abfahrenden Chauffeur zu, dann, beruhigend, mir: »Ruhe, Bimbo, Ruhe«, sprach er zum Hundehaus geneigt – das Bellen brach ab.

»Tonband«, bemerkte Paratuga.

Ein schnappendes Geräusch an der Haustür Roßbergstraße 11 verriet: die Haustüre war offen.

»Es regnet im Augenblick nicht«, sagte Paratuga zu mir gewandt, »Sie gestatten, wenn ich Sie für zwei Minuten warten lasse, bitte, nur zwei Minuten. Die Sitzung mit den beiden Dramaturgen ist sogleich zu Ende, wir haben uns schon am Morgen geeinigt. Haben Sie etwas zu lesen, oder soll ich Ihnen etwas schicken lassen?«

»Für zwei Minuten?« fragte ich. »Was tun wir eigentlich hier?«

»Filmstudio Roßbergstraße 11, Sie verstehen.« Er zwinkerte mir zu. Nun, Paratuga zwinkert nicht ohne eine Mücke unterm Augenlid.

Regen, der nicht fällt, macht schläfrig.

II

Ich schlief. Es war vor sieben Jahren, 37. Straße, Manhattan. Der Zweitongong erklang an der Tür. Ich spähte durch den Spion; es war nach Mitternacht. Niemand. Als ich mich wieder schlafen legte, ertönte der Gong von neuem.

»Ich bin's«, sagte eine halbmännliche Stimme leise.

»Wer?«

»Ich, Paratuga, junior.«

Verschlafen hängte ich die Sicherheitskette ein und öffnete die Tür einen Spalt.

»Was wollen Sie zu dieser Nachtstunde?«

»Würden Sie«, fragte er höflich, »die Freundlichkeit haben und Ihre Träume etwas drosseln. Bild und Ton, wenn ich bitten darf.«

Ich murmelte, noch immer schlaftrunken, eine Entschuldigung.

»Nein, nein, verstehen Sie mich recht. Stört mich sonst gar nicht. Aber ich wohne direkt über Ihnen –«

»Soll nicht wieder vorkommen«, entschuldigte ich mich.

»Es handelt sich einzig um heute, heute möchte ich schlafen, selber schlafen, träumen eben. Heute ist Freitag, mein *day off*. Ich schlafe nie, bloß freitags.«

Ich fragte mich, was für einen Beruf das aufgedunsene

Männchen in dem violetten, abgenutzten Bademantel wohl hatte. Zu fragen war mir unangenehm.

Er lachte. »Aber das wissen Sie doch! Im übrigen freue ich mich sehr, Sie endlich hier zu sehen. Ich wohne direkt über Ihnen.«

»Ich erinnere mich nicht.«

Er lachte wiederum. »Schlafen Sie weiter. Auf ein anderes Mal! Und bitte: Träumen Sie heute nicht. Dank für Ihre Liebenswürdigkeit. Ach ja, hier meine Karte.«

Er suchte etwas in der Tasche des Bademantels, ich öffnete den Türspalt ein wenig mehr, und er überreichte mir eine Visitenkarte, deren Ränder mit dunkelroten Plüschfasern geschmückt waren. Die Karte war schmierig und schwer wie ein Bügeleisen.

»*Dr. Huntington Paratuga*«, las ich, »*Frischobst, Platzreservationen, Investitionen, Textilien, u. a.*«

»Bitte geben Sie mir die Karte zurück«, sagte er, »ich hab leider nur diese.«

Ich steckte das Kärtchen durch die Türöffnung.

»Augenblick«, meinte er, »hier eine Erdbeere, frisch.«

Seine fette Hand kroch durch den Türspalt und hielt mir eine Erdbeere hin.

»Mr. Paratuga«, versetzte ich, »ich bin überzeugt, daß Ihre Erdbeeren, Textilien und Platzreservationen völlig einwandfrei sind, aber ich möchte Sie nun doch bitten —«

Er unterbrach mich.

»Da muß ein Irrtum vorliegen. Augenblick, richtig! Aus Versehen hab ich die alte Visitenkarte gezeigt. Inzwischen habe ich mich aus dem Platzreservationsbusiness völlig zurückgezogen und diesen Zweig des Geschäftes meinem Vater überlassen. Platzreservationen sind eine richtige Marotte bei ihm. Begreiflich in seinem Alter. Er möchte ein paar Plätze für sich selber reservieren, aber manchmal brennt der Geschäftsinstinkt in ihm durch und er verkauft alles, bis auf den letzten Platz. Zittert dann natürlich ein paar Tage. Begreiflich, er kann ja jeden Tag sterben —«

»Durchaus begreiflich«, sagte ich, »und nun möchte ich wirklich schlafen, Sie bestimmt auch. Gute Nacht.«

»Wenn Sie wünschen, werde ich in absehbarer Zeit wiederkommen. In zehn Minuten oder so.«

Ich gab keine Antwort. Irgendwie glaubte ich diesen Namen schon gehört zu haben, und während ich mich zu erinnern versuchte, klang das diskrete Ding-Dong an der Tür.

»Ich hab meine Brille auf Ihrem Tisch vergessen«, flüsterte die Stimme Mr. Paratugas.

»Ihre Brille? Sie waren ja überhaupt nicht hier drin«, rief ich entrüstet.

»Vielleicht irre ich in diesem Fall«, gab er zu. »Doch Ihre Armbanduhr liegt bei mir oben. Sie haben Sie wohl vergessen, als Sie im Badezimmer waren. Man tut das oft.«

»Sie überschätzen meine Geduld, Sie unterschätzen meine physische Kraft, Sie überschätzen Ihr rhetorisches Talent, Sie unterschätzen —«

»Sie überschätzen Ihre Uhr«, unterbrach er mich. »Bei einem Trödler kriegen Sie keine drei Dollar dafür. Ein Verlobungsgeschenk, vermute ich. Richtig?«

»Scheren Sie sich zum Teufel. Ich will schlafen.«

»Versprechen Sie, nicht zu träumen, ja?«

Ich gab keine Antwort. Nach einer Weile hörte ich ihn seufzen, und das Geräusch seiner nackten, fetten Füße verlor sich am Ende des Korridors.

Das Klickgeräusch der Haustüre schreckte mich auf, sie öffnete sich und der Arm eines Mannes, eines jungen Mannes, ich sah nun das Gesicht, griff durch die Türspalte und rüttelte freundlich meine Schulter. Er trug einen über das Gesicht und Hinterkopf lappenden dunkelblauen Schlapphut, langbeinig wie eine Giraffe war er, ihm die Wendeltreppe hinauffolgend bemerkte ich, als er rückwärts grinste, eine Sonnenbrille unter dem Hutrand, nicht sehr rasiert und tiefe Krater in der Wangenhaut – er hatte eine fröhliche Stimme, eine Begrüßungsstimme jedenfalls, man fühlte sich willkommen und ich fühlte mich willkommen. Er nahm drei Stufen auf einmal.

Oben an der Treppe, die Hände in die Hüften gestützt, wartete er kauend auf mich. »Eigentlich hätte ich Sie schon vor fünf Minuten holen sollen, ja, leider hat Marcel den Anschluß an die Gegenwart noch nicht gefunden, Sonja heult noch, der Rolle schadet das nicht, sie wird ja ohnehin verbimbst, *entrez*, Sie dürfen nicht verpassen, wie Paratuga seinen ersten Cognac trinkt, er hat sein Ehrenwort gegeben, wenn wir Marcel wieder hochkriegen. Ich meine auf die Beine«, fügte er nach einer Pause hinzu, »wie er es sonst schaffen soll, weiß der Himmel. Sind Sie religiös?«

»Ein bißchen.«

»Kommen Sie herein«, und damit öffnete der junge Mann mit dem Schlapphut eine Türe.

Schwer zu erinnern, ob ich zuerst das ramponierte Klavier erblickte oder die Matratze, auf der ein in die eigenen Knie heulendes und dergestalt besonders gerundetes Geschöpf lag. Und neben ihr lag, in Unterhosen, auf dem Bauch, ein keuchender, schmalhüftiger Mann, in dessen Baumwolleibchen Zigarettenlöcher zu

erkennen waren. Die Tapeten: schwärzlich, Blumenmu-
ster, dunklere Flecken, wo einst Bilder gehangen hatten;
zwei mickrige Scheinwerfer, zerknüllte Handtücher,
kein Blut, nichts von Abtreibung, doch Stöhnen kam
von der Matratze und aus der Ecke, in der Paratuga
stand, bleich, ein Cognacglas vor den Lippen, als sei dies
der Schierlingsbecher, seine Hand zitterte; das Glas
schepperte nun an seinen Zähnen, ob es mein Erscheinen
war? – er goß den Schnaps hinunter, und der Schnaps
schien von der Gurgel geradewegs durch die zitternden
Fleischstücke seines Leibes zu fließen, wie Rum über
Kindermilchreis, hinein in die unter dem Hosenstoff
bebenden Kniekehlen und ganz hinab, zu den Füßen,
deren Zehen nun das Oberleder der Schuhe knirschen
ließen.
Der junge Mann mit dem Schlapphut dehnte die
besternten Hosenträger wie Bogensehnen vor seiner
Brust aus und ließ sie zurückschnellen, klatsch: »Ich bin
Heiner mit dem Schlapphut.« Er lachte.
»Freut mich.«
»Paratuga kennen Sie bereits, auf der Matratze liegen
Marcel und Sonja, Hauptdarsteller, Eric Lorre an der
Kamera –«, ich nickte, obschon Eric schwer zu erkennen
war, er kauerte hinter einem Wiener Stuhl, zwischen den
ausgestreckten Zeigefingern filmische Ausschnitte su-
chend, und als er aufstand, war er so groß wie der
Wiener Stuhl, er fluchte unverständlicher als ein Kut-
scher zur Zeit Metternichs und besaß Augen wie Peter
Lorre.
»Lorre, Eric Lorre«, brummte er zu mir. »Wir sind
verwandt.«
»Verzagen Sie nicht«, bemerkte Heiner neben mir, »wir
haben die Kamera ausgeliehen. Sie sollte bereits zurück
sein.« Er guckte auf die Uhr. »Mögen Sie einen

Cognac?«

Heiner mit dem Schlapphut hob aus der Unergründbarkeit des Fußbodens ein Glas auf, das schon andere Zeiten und Gewässer gesehen haben mochte, und neigte den Hals der Flasche darüber.

»Wo sind die Dramaturgen?« fragte ich.

»Dramaturgen? Da bin bloß ich. Irgendein Einwand, paßt was nicht?« Er setzte seinen Schlapphut tiefer in die Stirn und stützte die Hände in die Hüften.

»Was soll mir nicht passen? Ich kenne das Drehbuch ja nicht.«

»Hat man Sie nicht für einen Tausender angestellt, um eine Expertise abzugeben, ja oder nein?«

»Nein.«

»Kommen Sie«, Heiner mit dem Schlapphut packte mich am Oberarm, setzte den Daumen unter meinen rechten Bizeps und drückte zu, »kommen Sie, Paratuga benötigt eine Viertelstunde, um sich wieder aufzustellen«, und damit schob mich der junge Mann aus dem Zimmer, wieder in den Korridor dieses Hauses, das den Mundgeruch seiner langjährigen Bewohner behalten hatte. Heiner mit dem Schlapphut schlug die Klinke der gegenüberliegenden Tür unnötigerweise mit einem Kantenschlag nieder, die Türe flog auf und stieß mit der anderen Klinke gegen die Wand, drehte sich in der Angel zurück, erhielt nochmals einen Kick – ich wurde in das Zimmer gestoßen wie zu einem Verhör. Das Zimmer war leer, außer einem zweiten Wiener Stuhl und ein paar verschnürten Zeitungsbündeln, oberstes Blatt: 21. Mai 1952, wie ich später las. »Setzen Sie sich.« Ich setzte mich, gehorchend also, was Heiner mit dem Schlapphut vielleicht ermunterte, die elegante Spitze seines linken Schuhs auf eine freie Stelle der Sitzfläche aufzusetzen.

»Wissen Sie, wo Sie sich befinden?«

»Roßbergstraße 11. Vermutlich in einem improvisierten Filmstudio.«

Er lachte wie im Film, wenn man weiß, daß der Verhörte etwas Dummes gesagt hat. Er sah mir lange in die Augen, nahm den Fuß vom Stuhl und griff nach hinten. Ich erwartete eine Waffe, es war ein zerknautschtes Manuskript. »Das Drehbuch«, erklärte er, »werden's in fünf Minuten gelesen haben, in fünf Minuten, und dabei hab ich zwei Jahre lang daran gearbeitet. Nicht zu reden von der Erfahrung.«

»Das macht das Schreiben ja aus«, antwortete ich.

»Dürften keine schlechten fünf Minuten sein für mich.« Heiner mit dem Schlapphut nickte finster. »Die Zigarettenstummel drücken Sie einfach auf dem Boden aus, ja?« Hinaus ging er, die Türe knallte hinter ihm zu, Spinnetze zitterten an der Decke. Sie zitterten gleich noch einmal: Heiner mit dem Schlapphut kehrte zurück und stellte zwei entkorkte Flaschen Chablis und ein Glas auf den Boden. »Sie gehören doch zur Alkoholikergeneration«, bemerkte er nicht ohne Grimm und dröhnte wieder hinaus. Diesmal löste sich ein Stück Mörtel über dem Türrahmen.

Als ich das Manuskript entfaltete, vernahm ich das Geräusch von Schlägen auf Haut, Fleisch, ein paar Schreie, und ich erhob mich, ging zur Tür — sie war verriegelt. Nach energischem Rütteln und ein paar Faustschlägen gegen die Tür entschloß ich mich zur Lektüre, trank. Ein guter Tropfen.

IV.

Ich ahnte nicht, daß ich die Nacht bis gegen die Morgenstunden hier verbringen würde. Bei einem der vielen Versuche einzuschlafen, erinnerte ich mich an zwei weitere Begegnungen mit Paratuga, die erste an der West End Avenue, im Herbst 1967, die New Yorker Kehrichtabfuhr streikte –; er kommt noch auf ein Glas vorbei, es ist schon spät, obschon er kalifornischen Rotwein angeblich nicht ausstehen kann, ich weiß, insistiert er und verzieht bei jedem Schluck das Gesicht. Diesmal ist er voll feierlicher, beherrschter Aufregung, Wut, und er kippt seinen Wein noch im Stehen – während ich seinen Mantel weghänge – die Kehle hinunter. Dann stiert er auf den Riverside Drive, auf dessen verregnetem Asphalt Scheinwerferlicht fahl aufleuchtet, so, als wären die Lichter flüssig, augenblicklich versickernd im Nachtboden.

»Nun«, frage ich, »was gibt's denn Neues?«

»Neues?« fragt er verächtlich zurück, »ist es noch nicht bis zu Ihnen vorgedrungen, daß Neuigkeiten und Künstler höchstens zehn Minuten von sich reden machen? Neues!«

Er hält das Glas hin, und ich gieße aus der Gallone kalifornischen Burgunder nach. Paratuga leert es wieder in einem Zug.

»Hier!« Er deutet mit dem Zeigefinger auf seinen linken Wangenknochen. »Hier, sehen Sie? Sie sehen nichts? Es wird pflaumenblau sein – in spätestens einer Stunde. Jemand schlug mich mit voller Wucht. Ich war freilich nicht der einzige, der niedergeschlagen wurde, andere wurden schlimmer hergerichtet. Weit schlimmer, Zähne und Zahnprothesen flitzten buchstäblich durch die Luft und landeten in Blutlachen, und dabei war's zu Anfang ein sehr netter Abend, Sie wissen, nicht viel Tiefgang, aber sonst sehr nett, Leute aus Massachusetts, ein jungvermähltes Paar aus New England, ein Mädchen und ein Bursche aus Rhode Island, Leute aus Vermont, ein paar New Yorker und ein Trottel aus New Jersey, merkwürdig, daß es nur einer war oder auch nicht, die Leute in New Jersey bleiben immer dort, kurz und gut, jemand verlangte einfach ein Glas Wasser, und der Hausherr erhob sich, zuckte die Schultern und holte eben ein Glas Wasser, und das Mädchen, aus Kanada, wenn ich mich richtig erinnere, spuckte das Zeug gleich wieder aus, so über den Teppich, nicht wahr? Und der Herr des Hauses wurde schrecklich sauer, sagte: »Sie wollten doch einfach ein Glas Wasser«, und das Mädchen sagte: »Wasser? Sie Urinophage« – ähnlich jedenfalls – »Sie Urinophage, Sie Schwein!« Der Mann wurde natürlich noch saurer und sagte, daß noch ein paar Millionen andere dieses Wasser tränken, hier und jetzt, und ein Bursche, aus Nevada glaube ich, ein freundlicher Junge, bemerkte, das Mädchen müsse eben das Wasser in Vermont trinken oder lieber gleich dort bleiben, worauf ihr Freund aufstand, die Jacke auszog und fragte: »Was haben Sie gegen das Wasser von Vermont, bei uns ist die Luft nicht versaut wie hier und in New Jersey, wo die Nigger in alles pinkeln . . .«

Paratuga hielt inne.

»Und dann?«

»Können Sie sich doch vorstellen. Sie dürfen in diesem Land Mutter und Vater und das Trinkwasser nicht anzweifeln. Wenn einer sagt, beispielsweise, er komme aus Wyoming . . . Darauf kreischte also die Frau aus Rhode Island, sie brauche sich das alles nicht gefallen zu lassen, jemand schrie: »Dumme Sau«, und einer rief zurück: »Ist das Wasser der Grund, weshalb praktisch jedermann in New England einen Wasserkopf hat?«

»Moment mal«, einer schob sich näher, »Moment mal, was war das mit Wasserkopf und New England? Wie war das? Ich wiederhole, wer hat etwas an dem Wasser in Massachusetts auszusetzen, wer? Irgendein jüdischer Brunnenvergifter aus New York, ja?« Jedermann schrie und kreischte, dann schlug plötzlich einer zu. Und dann ging's los. Ich kroch unter den Tisch, ich kenne Anlässe dieser Art, die Amerikaner interessieren sich nicht für Freund und Feind, wenn's wirklich losgeht, das würde den Spaß verderben, und da die Trinkwasserqualität so ungeheuer verschieden ist von Staat zu Staat, wie Intelligenz, so schlägt man zu. Als endlich die Orgie begann —«

»Die was —?«

»Die Orgie, wissen Sie nicht, was eine Orgie ist, also, als die Orgie begann — Gezeter noch zu Anfang, Weinen, Klagen — verließ ich die Wohnung. Noch im Lift hörte ich, wie das Hämmern begann. Wie in einem Kaninchenstall, wenn die Männchen sich fürchten — sie vögeln, als wär's ein Preisausschreiben.«

»Sie fanden immerhin noch Zeit, Hut und Mantel zu finden«, bemerkte ich.

»Nein, die hingen im Fahrstuhl. Ich pflege meinen Mantel und Hut immer im Fahrstuhl zu lassen, eine Art Vorsichtsmaßnahme. Falls sich irgendwo ein Haken befindet, hänge ich ihn auf, wenn nicht, werfe ich den Mantel in eine Ecke und lege den Hut darauf. So etwas berührt und stiehlt niemand: Mantel und Hut, ganz allein, ganz für sich allein in einem Fahrstuhl.«

Paratuga hielt inne, betastete seinen Wangenknochen. Dann bat er mich, ihn zu fotografieren.

»Ich hab keinen Fotoapparat«, sagte ich.

»Es genügt, wenn Sie sich erheben, mich lange fixieren und mit der Zunge klicken oder schnalzen, wenn Sie den Finger krümmen.«

Ich tat ihm den Gefallen.

Paratuga dankte und verabschiedete sich.

Ich hatte die Flasche geleert, döste vor mich hin und

dankte im Namen meiner Gesundheit, daß die Zigaretten alle waren. Einmal vernahm ich ein Lachen, es hätte dasjenige Paratugas sein können, doch Paratuga lachte nicht, nie, ich meine: Man hörte ihn nie lachen, sah ihn nie lachen, möglicherweise tat er das nur, wenn er allein war. Sonst herrschte Stille im Haus Roßbergstraße 11, und ich ertappte mich, wie ich einen Zigarettenstummel zwischen die Lippen steckte und anzündete. Das Glas füllte ich wieder. Dann fiel mir ein weiterer Besuch Paratugas ein – ja, es ist schon spät, ich bringe noch ein paar Briefe hinunter, und wie ich zurückkehre, steht er in der Küche unangemeldet, spioniert in den Pfannen herum. Reste mit dem Zeigefinger abstreichend und ableckend vermag er tatsächlich auf die Nerven zu gehen, vor allem, wenn er sich im Halbdunkel über den Mangel an Resten beklagt. Heute trägt er eine rote Weste über den Blue jeans, und widerwärtigerweise wischt er die Finger nicht an den Blue jeans ab, sondern an der roten Weste. Er kaut an einer kalten Kartoffel.

»Ist Ihre Frau nicht da?«

»Nein. Sie ist bei einer Freundin.«

»Schade.«

»Wieso?«

»Sind Sie stark beschäftigt? Ich möchte Sie nicht stören.« Paratuga erblickt die Schale mit Obst auf dem Bücherregal, knipst ein paar Trauben ab und guckt mich an. Ich schweige.

Paratuga preßt mit winzigem Druck von Daumen und Zeigefinger die Frucht aus der Traubenhaut und schlürft das Fruchtfleisch über seine Lippen in den Schlund.

»Darf ich mich setzen?« Er setzt sich.

»Kaffee?«

»Nein. Ich gedenke einen langen Schlaf zu tun. Es ist Freitag.«

»Was möchten Sie?«

»Eigentlich möchte ich Würde, aber für heute – ja, ein Glas fettlose Milch.«

»Leider ausgegangen. Darf ich Ihnen einen Orangensaft servieren? Für Würde kommen Sie zu spät, die Banken sind längst geschlossen.«

Er guckt mich an wie ein Frosch auf Eis.

»Lesen Sie keine Zeitungen?«

»Wieso?«

Paratuga antwortet nicht, er riecht am Orangensaft, verzieht die Lippen und hustet.

»Kennedys Witwe wird diesen griechischen Burschen heiraten.«

»Welchen griechischen Burschen?«

»Den Reeder, den Millionär mit der Jacht.«

»Oh?«

»Den Stählernen mit der schlaffen Haut. Ich hab hier einen detaillierten Bericht über die erste Nacht zwischen K's Witwe und Onassis. Vermutlich wird auch Ihnen aufgefallen sein, daß Pornographie und die Ermordung des Präsidenten dicht beieinander liegen. In jenen Buchläden.«

»An der 42. Straße?«

»Ja. Ein Geheimbericht also. Meine Agenten arbeiten vorzüglich. Soll ich Ihnen – Ihre Frau Gemahlin ist ja nicht anwesend –, darf ich Ihnen, Ihr Interesse vorausgesetzt, die erste Nacht zwischen der Witwe jenes Präsidenten und Onassis vorlesen? Von Mann zu Mann? Ich könnte zwei Millionen Dollar aus den Zeitungen holen, hätt' ich's nötig. Der Rapport wird morgen früh in meinem Safe deponiert. Er könnte die Welt erschüttern. Ich lese Ihnen ein paar Passagen im Originaltext vor. Einverstanden?«

»Einverstanden.«

Paratuga zieht ein vergilbtes, zerfleddertes Manuskript aus der Tasche, murmelt vor sich hin und beginnt zu lesen.

»Wie alt ist das Manuskript?« unterbreche ich.

»Keine Ahnung.«

»Aber es soll der neueste Bericht eines Ihrer Agenten sein, sagen Sie.«

»Möglich. Aber was spielt das für eine Rolle? Wollen Sie hören oder nicht?«

Ich greife nach einer Zigarette. »Freilich.«

Paratuga blättert im Manuskript, das er aus der Tasche geholt hat, netzt den Daumen, blättert wieder, überlegt.

»Hab ich aus Versehen den alten Bericht – nein«, sein Gesicht hellt sich auf. »Hier ist es. Unverkennbar. Drei Wochen vor der Hochzeit. Onassis hat die ganze Besatzung an Land geschickt. Die beiden sind allein auf der Jacht. Man hört des Meeres Rauschen, die Wogen schlagen –«

»Einverstanden«, unterbreche ich.

»Zwei meiner Agenten lagen zwei Stunden lang unter der Jacht und nahmen jedes Wort auf. Aber das ist uninteressant. Wichtig sind die Fakten. Das Optische, meine ich. Meine Agenten erblickten vom Bauch des Meeres, was sich abspielte. Also.«

Paratuga räuspert sich.

»Sind Sie sicher, daß Sie das interessiert?«

»Natürlich.«

Paratuga scheint noch immer Zweifel zu hegen. »Jeder Mensch trägt wenigstens eine pornographische Geschichte in sich, eine Art pornosophisches Karma, verstehen Sie? Etwas, das immer da ist, das quält wie der Garten der Lüste, wie eine unbekannte erahnte Frucht dieses Gartens – ich glaube nicht, daß man im Garten der Lüste mehr erlebt als anderswo, doch der

Gedanke, die Besessenheit jenes schmutzigen – Sie verstehen, was ich sagen will –, jenes unerfüllbaren Wunsches, ist der Wunsch, sich selber zu begegnen, sich selber zu besitzen. Das ist es!« Er frohlockt. »Seine Wünsche zu besitzen. Der Garten der Lüste besteht nicht darin, Erfüllung pornosophischer Wünsche zu finden, sondern, aufgepaßt, zu hoffen, der Wunsch könnte erfüllt werden. Die Obszönität des Gartens besteht darin, daß er den Wunsch niemals erfüllt und immer verspricht.«

»Deshalb lebt man in Großstädten, weil sie immer versprechen und das Versprechen niemals halten.«

»In welcher Hinsicht?« fragt er.

»In jeder.«

»Vielleicht haben Sie recht«, versetzte Paratuga. »Aber ich dachte an – eben.«

»Ich weiß. Nun, lesen Sie vor. Das mit dem griechischen Reeder und der mythischen Frau des Präsidenten.«

»Sind Sie ausgesprochen scharf darauf?« fragte er.

»Ich frage mich. Lesen Sie.«

Paratuga greift nach dem Rapport seiner Agenten, räuspert sich wiederum und entfaltet das Manuskript. Er räuspert sich nochmals, liest zwei Worte, drei, vier – und das Papier zerbröckelt in seinen Händen wie Asche . . .

v.

Schritte auf dem Korridor weckten mich; der Schlüssel wurde ins Schloß gesteckt, jemand öffnete zögernd, klopfte, »herein«, rief ich, Heiner mit dem Schlapphut erwartend, es war Eric Lorre, der an der Kamera, »störe ich?«, ein hohes, fast flüsterndes Stimmchen, ich verneinte, und das Männchen schleppte polternd einen dritten Wiener Stuhl über die Schwelle, natürlich war Lorre größer als der Wiener Stuhl, eine ganze Kopflänge, er hätte das Kinn ohne sich zu recken auf die oberste Biegung der Stuhllehne legen können, er tat das nicht, er verbeugte sich, nein: mimte eine Verbeugung und schwang sich dann auf die Sitzfläche des Stuhls. Seine Stirnhaut wellte auf und nieder, die kleinste Erhöhung seiner Lautstärke ließ die tellerrunden Augen weiter hervortreten.

»Was führt Sie zu mir?« fragte ich.

»Sie sollten sich nicht ängstigen«, hauchte er, ich dankte und erhob mich vom teppichlosen Linoleum des Fußbodens. »Aber bittebittebitte, bleiben Sie doch sitzen, ich meine, bleiben Sie doch liegen.«

»Wo ist Heiner mit dem Schlapphut?«

»Oh, Heiner mit dem Schlapphut«, hauchte er höflich und polierte mit dem Hosenboden verlegen die Sitzfläche. »Herr Paratuga hat ihn vor einer Stunde entlassen, weil Heiner mit dem Schlapphut ihn entlassen hatte. Vor anderthalb Stunden.«

»Nun?«

»Herr Paratuga hat Heiner mit dem Schlapphut schon vor zwei Stunden entlassen, nachdem dieser das vor drei Stunden gemacht hatte.«

»Wer hat angefangen mit der Entlassung, Heiner mit dem Schlapphut oder Paratuga?«

»Schwer zu beantworten.« Die Haut wellte. Nachdenklichkeit schien seine Gesichtszüge gleichsam in Eigenschwingung zu bringen. »Ist ja unwichtig«, fügte er hinzu, dann höflich: »Oder finden Sie nicht?«

»Stimmt. Aber wer von beiden ist nun eigentlich gegangen?«

»Zuerst sind beide geblieben.«

»Beide?«

»Dann sind beide gegangen, bittebittebitte.« Lorres

Gesichtszüge verwandelten sich nun in waagrechte Hautwellen, die über die Blubberaugen kinnabwärts rollten. »Herr Paratuga hat meinem Onkel viel geholfen, damals in Hollywood, Emigration, Sie wissen, einmal konnte auch Onkel Peter ihm helfen, Erich von Stroheim forderte nämlich Herrn Paratuga zum Duell, weil er über der orientalischen Zigarette Stroheims einen Hustenanfall bekam.«

»Was rettete ihn?«

»Ein Blutsturz. Von Stroheim wurde immer übel vom Blut seiner Feinde.« Lorre schien es selber übel zu werden, er hielt die offene Hand schützend vor den Mund, fixierte mich flehend und stöhnte, nicht sehr, doch er stöhnte. Etwas fiel aus seinem Rachen in die Hand, unter die fast ausgekugelten Augen. »Bittebittebitte«, keuchte er, eine Goldkrone lag auf der Handfläche. Er betrachtete sie und steckte sie ein. »Wo bin ich stehengeblieben, ach ja, Onkel Peter, Sie wissen, eine Stadt sucht einen Mörder, nun, die Klatschbasen in Hollywood wissen heute noch nicht, wer verliebter war, Onkel Peter oder Herr Paratuga —«

»Verliebt in wen?«

»In dieselbe Frau.«

»Wer war die Dame?«

»Meine Mutter, bittebittebitte. Das quält natürlich. Seit Jahren.«

Die Vorstellung, unversehens und ungewollt in Paratugas Vorleben und damit Privatleben versetzt zu sein, irritierte mich.

»Wo ist er? Fragen Sie nicht ›wer‹, ich meine, wo ist Paratuga?«

»Diese Frage habe ich befürchtet, lieber Herr, diese Frage habe ich in der Tat befürchtet, darf ich sie für fünf Minuten dahingestellt lassen?«

»Einverstanden. Weiter.«

»Manchmal erinnern Sie mich an Humphrey Bogart«, schwatzte Lorre, »sein Regenmantel stünde Ihnen gut, obschon Sie unschlanker sind als jener, bittebittebitte, fragen Sie weiter, ich liebe Verhöre, Onkel Peter war immer ein Genie als Verhörter –« Lorres Gesicht blies sich auf, man dachte an Onkel Peter; wer wußte: die Zahnstellung verwies auf einen andern Vater. Doch die Mutter? Natürlich war die Mutter gleich nach der Geburt gestorben. Das gehört zu einer Biographie.

»Ich sehe mich tatsächlich zu einem Verhör gezwungen«, sagte ich.

»Versteh' ich. Die Tür ist geschlossen. Wir können beginnen.« Seine Gesichtshaut wellte fröhlich und ängstlich.

»Womit?« fragte ich mißtrauisch.

»Mit dem Verhör eben. Soll ich mich ausziehen?« Lorre war vom Stuhl heruntergeklettert, stand vor mir, zog die Schuhe aus und machte Anstalten, sich weiter auszuziehen. Der Krawattenknopf war bereits gelöst. Nun riß er an den Manschetten.

»Lassen Sie das.« Ich hatte mich auf einen Wiener Stuhl gesetzt und dabei eine ausgetrunkene Weinflasche umgestoßen. Lorre stand in Achtungsstellung vor mir.

»Ich hab eine Schere bei mir –« er zog ein Nagelscherchen aus der Jackentasche und ließ es auf den Boden fallen, dann holte er einen elektrischen Draht hervor, »Anschluß rechts unten bei der Tür«, mehrere Stecknadeln, die er sorgsam in Reih und Glied vor seine Fußzehenreihe legte; ein Feuerzeug, ein Daumenknipsen bewies das Funktionieren, hierauf, »für besondere Zwekke«, wie er sagte, etwas, das aussah wie ein Klümpchen Kaugummi.

»Verhören Sie mich!«

Nichts fiel mir ein.

»Darf ich Ihnen helfen? Ja?«

Ich nickte.

»Knipsen Sie das Feuerzeug an. Es gibt zwei Dinge, die die Menschen unglücklich machen, Angst und Geiz.«

»So?« Das Feuerzeug brannte.

»Wenn Sie nicht sofort etwas unternehmen –« rief Lorre.

»Was soll ich unternehmen?«

»Sie sind der Folterer. Wenn Sie beginnen, schreie ich vor Schmerz. Wenn Sie nicht beginnen, schreit mein Geiz über den unnütz verbrannten Brennstoff.«

Ich steckte das Feuerzeug wieder weg. »Sie sind verwandt«, sagte ich, »Sie *müssen* verwandt sein.«

»Möglich«, frohlockte Lorre. »Fragen Sie weiter.«

»Erzählen Sie eine Jugenderinnerung.«

Eric Lorre seufzte wollüstig. »Bitte – Rauch lag über den Feldern, stickig und schwarz wie damals, als wir Kinder eimerweise Maikäfer hinter den Scheunen verbrannten. Das Gras auf den Eisenbahnhalden war verkohlt. Der Zug tauchte lautlos in der zitternden Luft über den Schienen auf und verschwand donnernd und bebend; die tonroten Rücken der Bahnarbeiter beugten sich wartend über Schaufeln und Spitzhacken und versteinerten im Lufthauch des Zuges. Nur ihre Haare wurden aufgewirbelt. Dann ging die Barriere hoch, und das monotone, hämmernde Geräusch von Werkzeugen war wieder zu vernehmen –«

»Stopp. Wo befinden wir uns? Roßbergstraße 11, ich weiß«, bemerkte ich.

Lorres Augen glitten unter den fetten Lidern hervor. »Antworten sind doch nicht Ihr Revier«, bemerkte er entrüstet.

Ich fühlte mich nicht unwohl. »Herr Lorre – wenn ich bitten darf –«

»Verlieren Sie Ihre Rolle nicht«, warnte er, wieder mit geschlossenen Augen.

»Holen Sie was zu trinken, aber rasch.« Meine Stimme war scharf.

»Wie der Herr befehlen.«

Lorre raste aus dem Zimmer, man hörte unterdrückte Schreie auf der Treppe, vielleicht war er auf Finger getreten, er kam so rasch zurück, wie die Erinnerung verging –

Zwei Koffer stehen neben ihm, ein Tonbandgerät und eine Hutschachtel. Er will nur fünf Minuten Zeit haben; der Taxichauffeur wartet solange – ausnahmsweise.

Paratuga sieht jünger aus, er gibt sich schlacksig, ja, sein Gesicht ist schmaler geworden, straffer scheinbar, die Haut hingegen ist geschrumpft. Auch hat er die Haare wachsen lassen, und ein hoher Kragen drückt gegen sein Kinn.

Nein, er will keinen Tee.

Kaffee?

Paratuga gibt mir zu verstehen, er möchte am liebsten in Ruhe gelassen werden. Er geht auf und ab, sieht zuweilen aus dem Fenster, ob das Taxi noch wartet.

»Das Warten hat ein Ende«, bemerkt er wütend.

»Noch dreieinhalb Minuten«, erwidere ich.

»Ich meine etwas anderes«, sagt er. »Lesen Sie keine Zeitungen?« Er geht wieder forsch zum Fenster, blickt hinunter und sieht auf die Uhr.

»An sich bleibt mir wenig Zeit zu solchem Geschwätz«, bemerkt er, »doch die Idee ist interessant. Revolution ist etwas Altes. Indem sie nun immer jünger wird, wird sie stärker, vehementer. Am Ende kehrt sie zu ihrem Ursprung zurück. Das ist der Sinn der permanenten Revolution. Sie kehrt zu ihrem Ursprung zurück, verstehen Sie?«

Paratugas Gesicht altert.

Da ich nicht nicke, fährt er fort: »Die Jugend hat dies endgültig erkannt. Die Literatur lügt. Die Bücher der Zukunft – falls solche überhaupt noch geschrieben werden, wohlverstanden – werden in Spiegelschrift gedruckt sein. Die daraus naturgemäß entstehende Müdigkeit während der Lektüre läßt das Wesentliche freiwerden. Der Sinn eines Textes, Shakespeare zum Beispiel, wird auf einen minimalen soziologischen Kontext reduziert. Statt zu explodieren, stülpt sich die Essenz in die Implosion zurück. Die Implosion ihrerseits reproduziert das Drama als veränderbare Gelegenheit. Und eine veränderbare Gegebenheit ist kat'exochen Alltag. Der Alltag wird nicht akzeptiert und im Augenblick, da der Alltag als *nicht* unveränderbar hingenommen wird, beginnt der Zerfall jener, die ihn definierten. Sie verstehen.«

Draußen hupt der Taxichauffeur: Paratuga bleibt horchend stehen.

»Ist es so oder nicht?« fragt er.

»Die Literatur bekämpft immer den Alltag.«

»Das ist keine Antwort«, bemerkt Paratuga. »Die Literatur ist tot. Wir werden von heute an nur noch in uns selber lesen. Diskussion wird uns das Buch ersetzen. Auf beschriebene Schicksale – Tragödien, wenn Sie lieber wollen – können wir mittels der Besprechung, der direkten Auseinandersetzung, verzichten, und die Räte werden das Wesentliche der Diskussionen festhalten und abstimmungsgemäß koordinieren –«

Der Chauffeur draußen hupt ungeduldig.

»Man wartet auf Sie«, bemerke ich.

»Augenblick« – Paratuga ist erbost – »Augenblick, das ist unfair. Widerlich. Von Ihnen hätte ich das nicht erwartet!«

»Die fünf Minuten sind längst vorbei«, sage ich.
»Welche fünf Minuten?« fragt er mißtrauisch. »Sie wollen mich auf die Zeit festlegen? Ja? Das wollen Sie doch? Ich lasse mich nicht beeindrucken. Zeit ist eine bürgerliche Erfindung. Zeit ist Zwang. Zeit ist eine Größenordnung des Produktionsablaufs. Das Individuum kann sich der Zeit widersetzen, die Masse wird vom Zeitablauf, der seinerseits Arbeitsablauf bedeutet, bedrängt. Das System der Unterdrückung ist gekennzeichnet durch Messen der Zeit: Stunden, Minuten, Sekunden, richtig?«
Er geht zum Fenster, öffnet.
»Noch drei Minuten, bitte«, brüllt er hinunter. »Wie? Paßt Ihnen nicht? *Ich* bezahle, ja? *Ich*! Scheren Sie sich! Hier!«
Paratuga gräbt in seinen Taschen nach Dollarscheinen, findet welche, zählt sorgsam, wirft sie hinaus und ein paar Münzen hinterher.
»Pack!« zischt er, das Fenster schließend. »Haben Sie gehört, was er eben noch gerufen hat?«
»Unfair«, bestätige ich.
»Darf ich mich ein bißchen auf Ihr Knie setzen?« Die Iris seiner Augen wird schwarz.
»Nein.«
»Nur ein bißchen.« Paratuga bettelt. Seine Haare werden mit jedem Wort länger, das Zahnfleisch zieht sich nach oben, die Zähne blecken wölfisch, ich bemerke, wie seine Augen ermatten, die Wangenknochen treten hervor, die Lippen werden dünner, trocknen aus, stülpen sich nach innen, Stockflecken erscheinen auf seiner Haut, die Adern treten hervor – »Ich krepiere«, sagt er.
»Ausgerechnet jetzt, wo die Revolution beginnt.«
»Sterben«, sage ich, »nicht krepieren. Von Krepieren keine Spur.«

»Darf ich mich auf Ihr Knie setzen?« bettelt er.

»Nein. Aber Sie dürfen sich auf meinen Stuhl setzen.«

Ich erhebe mich. Paratuga wankt auf den Stuhl zu, bei jedem Schritt zerbricht etwas in ihm. Es splittert scheußlich, das linke Schienbein knickt ein, er ächzt, spuckt Goldzähne aus, sie klimpern über den Fußboden, Bulldozer fahren in seine Lunge.

Ich stehe vor ihm. Wir schauen uns an.

Er röchelt. Verständlich. Ich meine nicht, daß Paratuga verständlich röchelt, vielmehr: Es ist begreiflich, daß er röchelt. Mit einem schwachen Winken bittet er mich zu sich, zu seinem Mund, kein Wort ist zu verstehen, er repetiert die Worte, und ich verstehe endlich, was er sagt:

»Rosenknospe.«

Dann zerfällt er. Zuerst geräuschvoll, so, als bestünde er aus Seidenpapier, von allen Seiten zusammengepreßt, seine Gesichtszüge verschwinden und vermengen sich mit den Kleidern, und schließlich helfe ich nach, zerknülle ihn weiter, er ist mir gleichgültig geworden, und ich trage die fußballgroße Papierkugel ins Badezimmer, setze sie mit einem Streichholz in Flammen. Was Paratuga war, schwelt in der Wanne eine Weile, dann öffne ich den Hahn und spüle.

Ich kehre ins Wohnzimmer zurück und öffne die Koffer. Beide sind fast leer. Ein Buschmesser befindet sich im einen, im andern liegen ein paar Dutzend gebrauchte Taschentücher. In seinem Herzen ist Paratuga immer ein wenig Europäer geblieben, er verachtete papierne Taschentücher; nicht ohne Rührung stelle ich dies fest.

VI.

Lorre war zurück. »Hier die Flasche, ein *Pommard*, hier der Korkenzieher, bittebittebitte, verhören Sie mich weiter —«

Er sah mich wahrhaft erwartungsvoll an.

»Wo ist Paratuga?«

»Fürchten Sie nichts: Paratuga kehrt zurück.«

»Ich frage, wo er ist, wo er sich im Augenblick befindet.«

»Paratuga kehrt zurück«, sagte Eric Lorre triumphierend, »alle kehren zurück, alle, das ganze Adreßbuch, alle, alle kehren zurück, morgen oder in zehntausend Jahren, alle, das Rotkäppchen, Napoleon, Heinrich der Dritte, nicht zu reden von den andern Heinrichen, der Kalif Storch, Christus, Mozart, Alexander Borgia, Robinson Crusoe, Dick Diver, Johannes Schattenhold, Holden Caulfield, John Kabys, Akakij Akakijwitsch, Moses, Himmler —«

»Bemühen Sie sich nicht«, unterbrach ich, »Sie sind bisher nicht gefoltert worden. Kehrt Ihre Mutter auch zurück?«

»Ja, jaaa, auch meine Mutter«, Lorre verwarf die Ärmchen, knetete mit beiden Händen seine Luftröhre und schlug sich auf Magen und Brustkorb, »ja, auch Mutter.«

»Und Ihr Vater?«

Er ließ die Hände fallen, hielt inne. »Um Gottes willen, wie können Sie sowas fragen, so etwas Persönliches —«
Er begann zu weinen, zu schluchzen, der Vorhof der Hölle schien aus ihm aufzusteigen und sich akustisch zu inkarnieren: »Aber ich kenn' ihn doch nicht, meinen Vater, ich kenn' ihn doch gar nicht!«

»In zehntausend Jahren oder in der Zwischenzeit wird Ihnen vielleicht Ihre Mutter mal über den Weg laufen«, sagte ich, »als Rübezahl oder Lady Hamilton, fragen Sie dann, wer Sie *jetzt* gezeugt hat, Sie ausgekotzter Mensch —«

Lorre weinte, krümmte sich vor Verzweiflung, jedenfalls tat er so, und nach einer Weile ließ ich die Flasche Pommard fallen und tastete mich hinaus. Finsternis. Ein Lichtschalter war nicht zu ertasten und ich tappte die Treppe hinunter, überall Gliedmaßen unter den Füßen spürend. Ich wollte hinaus, trat auf Hände, Zehen, Arme, Weichteile, Schienbeine. Da war Stöhnen und Gewimmer, so, als ginge man über ein Schlachtfeld. Eine Weile glaubte ich die Nerven zu verlieren, grapschte stehenbleibend nach einem Valium in der Tasche, kein Stück, schließlich wurde ich rücksichtsvoller, tastete mit dem Fuß zu Stellen auf den Stufen, wo keine menschlichen Gliedmaßen zu spüren waren, nur weil ich Mozart, Heine, Goya, Robinson Crusoe, Tom Sawyer, Nathanel West und Modigliani nicht verletzen wollte. Nur deshalb. Von Stufe zu Stufe wurde ich vorsichtiger, mitleidiger, menschlicher.

Die Stimme des künstlichen Hundes schlug an, als ich endlich aus dem Haus Roßbergstraße 11 trat, bellte kurz.

Und als ich mich endlich, der Tag war da, für den Schlaf auszog, entdeckte ich Bisse eines Hundes an meiner rechten Wade.

Paratuga GmbH

I

Familie Heim wäre eigentlich, wie man bald erfahren wird, eine Familie wie jede andere gewesen; bedauerlicherweise gehörte zu der Familie ein junger Mann, der sich durch Außerordentlichkeit auszeichnete. Die Leute spürten das. Sie spürten, daß eine Kraft von ihm ausging. Wie immer, diese Familie Heim, der mittleren Besoldungsklasse eingeboren, saß an jenem Sonntagabend am Eßtisch und löffelte die Suppe. Wenn niemand redete, sah entweder der Vater, Herr Heim, oder die Mutter, Frau Heim, oder Sohn Herbert, Dentist von Beruf, zu dem glastürigen Schrank, in dem die Trophäen des Sohns ausgestellt waren: Fußball-Trophäen, Pokale und ein vergoldeter Fußball, nicht zu vergessen das lateinisch abgefaßte Diplom, das Andreas Heim als Doktor der Medizin auszeichnete.
Herr Heim: Es ist Sonntagabend. Wir haben die Suppe gegessen und das übliche, ich wiederhole: übliche Gespräch geführt. *Frau Heim:* Wieder wurde ich dreimal angesprochen gestern. An einem einzigen Morgen. Da unterhalt' ich mich mit Frau Strobel, ihr Mann ist beim Verkehrsamt, er soff fürchterlich früher, die Strobel also guckt mich an. Fassungslos. Als hätt' ich Tomatenmark oder Mehl im Gesicht. So! *Sie mimt fassungsloses Staunen.* So hat sie geguckt und sagt: »Ist es denn wahr —?« »Was«, frag' ich zurück, »was soll wahr sein?« Und da riß mir einfach die Geduld und ich hab' auf den Tisch gehauen. *Herbert:* Mitten auf der Straße? *Frau Heim:* »Ich bin gläubig«, hab' ich geantwortet, meinetwegen —, mein Mann ist gläubig — *Herbert:* Sei-

netwegen. *Beet:* Ich hab' mich daran gewöhnt. *Frau Heim:* Der seelische Schaden bleibt. *Herbert:* Keine Bange. *Vater hinter der Zeitung*: Du meinst, er wird es tun? *Herbert:* Jawohl. *Beet:* Vielleicht nicht. *Herbert:* Ist doch mein leiblicher Bruder. Kenn' mich doch. Alles Brüder, alles. *Frau Heim:* Ihr wart zwei sehr verschiedene Kinder. Sehr. Oh, Andreas! *Herr Heim:* Keine Tränen. Die Suppe war ohnehin versalzen.

II

Draußen auf der Straße wird die Sonntagszeitung verkauft.
Zeitungsverkäufer: Abendamsonntag, Abendamsonntag – wird Andreas Heim uns verraten, wird Andreas Heim uns verraten? *Erster Passant:* Er spielt. Hab' eben ins Stadion telefoniert. Er spielt. *Zweiter Passant:* Er spielt? Dann geh' ich fernsehen. *Zeitungsverkäufer:* Abendamsonntag – wird Heim uns verraten? *Eine Passantin:* Verraten? Der? Niemals. *Zeitungsverkäufer:* Abendamsonntag . . .
Paratuga überquert trotz des roten Lichtes die Straße. Kreischen eines Autos und Gefluche.
Eine Passantin: Ich hab' ihn gekannt. Gesehen. Ich war erkältet, elend und vergrippt, in Scheidung, und saß vor der Television. *Zeitungsverkäufer zu Paratuga:* Schwein gehabt. Sind Sie farbenblind? *Paratuga:* Ja. *Er kauft eine Zeitung, entfaltet sie. Zweite Passantin:* Todunglücklich. *Paratuga:* Was sagte er? *Eine Passantin:* Er? *Zeitungsverkäufer:* Wer sonst? Wird er uns verraten? *Zweite Passantin:* Ich hatte den Ton abgedreht. Dann . . . ging etwas vor. *Zeitungsverkäufer:* Was? Abendamsonntag. *Eine Passantin:* Ich drehte den Ton an. Aber ich hörte nur noch einen Satz, den letzten. »Man kann sein Unglück verlassen wie ein brennendes

Haus.« Kann einer das verstehen? *Paratuga:* Und die Möbel? Die Teppiche? Das Haus? *Zeitungsverkäufer:* Papiergeld, Ausweise, Steuererklärungen. *Eine Passantin:* Warum hörten wir nicht mehr auf ihn? Warum? *Paratuga:* Weil alles, alles gesagt worden ist, Madame. Alles ist gesagt worden. *Eine Passantin:* Warum sagt er jetzt nichts mehr? Statt Fußballspielen? *Paratuga:* Weil er alles gesagt hat, was es zu sagen gibt. *Eine Passantin:* Wie Christus? *Zeitungsverkäufer:* Nicht übertreiben. Meine Hoffnung: Er bleibt hart, ganz hart am Ball. *Eine Passantin:* Gott segne ihn. *Zeitungsverkäufer:* Abendamsonntag.

Paratuga: Entweder man hat meine Adresse. Oder man hat meine Telefonnummer. Taube nennen mich schweigsam. Blinde hören meine Schritte. Und erkennen den Nachbarn. Die Hautfarbe, die ich bevorzuge, ist grau. Es ist die Farbe nachher. Für reine Westen farbenblind, bevorzuge ich das Weiß der Knochen. Von schlechten Träumen halte ich nichts. Träume sind schlechtes Fernsehen, sonst nichts. Fragt einer: Woher kommen Sie? Antworte ich: Ich gehe. Fragt einer: Wohin gehen Sie? Antworte ich: Ich komme. *Nach diesem Selbstgespräch bleibt Paratuga stehen, betrachtet die Hausfassade und drückt dann die Klingel der Familie Heim.*

III

Frau Heim: Wie sagten Sie, ist Ihr Name? *Paratuga:* Paratuga, Mr. Paratuga junior. *Herr Heim:* Was will er? *Frau Heim:* Der Herr ist auf der Durchreise. *Herr Heim:* Sackbahnhof. Soll auf demselben Gleis wieder raus. *Paratuga:* Wie rasch sich doch Geld verflüchtigt. *Herr Heim:* Kluges Wort. *Paratuga:* Es gehört sich nicht, um diese Abendzeit mit Geld zu stören. *Herbert:*

Mit Geld stört uns keiner. *Paratuga:* So darf ich wohl eintreten? *Herr Heim:* Wenn ich hungrig bin, stört mich keiner. Und mein Teller ist leer. *Paratuga lacht. Oder es sieht so aus. Herbert:* Lacht, wenn Menschen hungrig sind. *Paratuga:* Die Raupen eines Panzerwagens – *Frau Heim:* Im Krieg –? *Paratuga:* Als Kind. Mein Großvater war Waffenfabrikant. *Herbert:* Und da hat man Sie als Fünfjährigen mit Panzerwagen spielen lassen? *Paratuga massiert sich ein Lächeln ins Gesicht. Paratuga:* Seither bin ich nicht mehr Herr meiner Gesichtszüge. Fast alles Wachs. Niemand kauft mir Trauer ab, wenn ich nicht selber dafür sorge. *Frau Heim:* Sicher schwer für Ihre Familie, Herr Paratuga, nicht wahr? *Paratuga:* Mister Paratuga junior, wenn ich bitten darf, ja? Die Frage, Frau Heim, ist richtig. Deshalb wohn' ich auch bloß im Hotel. Chicago, Rio, Paris, Buenos Aires – *Herbert:* Und wenn Sie allein sind? *Paratuga:* Dann setz' ich ein freundliches Gesicht auf. Sie wissen: In den Hotels, all diese Spiegel. Wenn man sich da plötzlich mit dem Ausdruck einer vergessenen Emotion so unversehens im Spiegel erblickt ... *Frau Heim:* Wir verstehen – *Paratuga:* Ich war im Fußballstadion draußen, doch ach! – alle Sitzplätze ausverkauft. Nun hab' ich hier einen gefunden. *Frau Heim:* Herr Paratuga junior: Ist mir gar nicht recht. *Sie holt einen Stuhl, der Stuhl trifft Paratugas Knie. Man hört ein Scherbeln. Frau Heim:* Um Gottes willen. *Paratuga:* Verdrießlich. Die Kniescheibe. Chinesisches Porzellan. Nicht der Rede wert. Hab' noch ein Ersatzstück im Hotel. *Frau Heim:* Wie unangenehm. Einem Gast die Kniescheibe aus chinesischem Porzellan zu zerschlagen. *Herr Heim:* Werden für den Schaden aufkommen. Sind versichert. Das Herz. *Frau Heim:* Was sagst Du? *Herbert:* Das Herz. *Frau Heim:* Spürst Du's wieder? Die

Stiche? *Herr Heim:* Das Kalbsherz. Ich denke, es gibt Kalbsherz heute abend. *Frau Heim:* Ich geh' ja schon. *Paratuga:* Ein Körperteil, den man nicht spürt, ist gesund. *Herr Heim:* Sag' ich immer. Wollen Sie nicht mitessen? *Paratuga:* Ich mag keine Innereien. *Frau Heim:* Wie ist das Herz? *Herr Heim:* Die Kartoffeln sind verkocht. *Paratuga:* Sie wissen, daß er spielt heute abend? *Alle schweigen*

Herr Heim: Sein Glück. Niemals hätte sein Fuß die Schwelle dieser Wohnung mehr betreten. *Frau Heim:* Hat er ja seit drei Jahren nicht mehr. *Herr Heim:* Wenigstens keinen Ärger mehr. *Herbert:* Bis vor drei Tagen. *Frau Heim:* Die ganze Stadt geriet in Aufruhr. Vorgestern begannen die Eisenbahnarbeiter zu streiken. Er hätte sowas nicht sagen dürfen. *Herbert:* Die Eisenbahnangestellten hätten auch sonst gestreikt. Mehr Lohn. Und dabei brauchen sie bloß zu reisen, die meisten. Pack.

Paratuga entfaltet die Zeitung, liest vor. »Fußballidol Andreas Heim erklärt öffentlich: Laßt Euch nicht betrügen!«

Herbert: Uns brauchen Sie den Schmarren nicht vorzulesen. *Beet:* Wenigstens spielt er heute. *Herr Heim:* Heute. Aber nächste Woche? Was wird sein in einem Monat? *Herbert:* Er wird der alte Versager sein. *Beet:* Er war nie ein Versager. *Herbert:* Weiber. Hüben und drüben. *Herr Heim:* Was sind Sie eigentlich von Beruf, Herr Paratuga junior? Wollen Sie Ihren Zylinder da nicht ablegen?

Paratuga überhört die zweite Frage. Wissenschaftler. *Herr Heim:* Wissenschaftler. Salat! *Man reicht ihm den Salat.* Was für eine Wissenschaft? *Paratuga:* Außerordentliche Menschen. *Herr Heim:* Schöner Beruf. Sind Sie fix angestellt? *Paratuga:* Eher in Kommission. *Herr*

Heim: Rentabel? *Paratuga:* Man kommt davon. Bisher hat es immer geklappt. Fast immer. Schauen Sie, so alle 25 Jahre, nach meinen Forschungen und denjenigen des mir unterstellten Institutes für angewandte Veränderungen historischer Notwendigkeiten, will sagen im Sinne des mir übergeordneten Ausschusses − erscheint jedes halbe oder jedes Vierteljahrhundert, sagen wir in jeder Generation, ein außerordentlicher, außergewöhnlicher Mensch, und mit dem hab' ich mich zu befassen, unter Zuhilfenahme jeglicher mir möglichen und damit zustehenden Mittel, denen keine Grenzen gesetzt sind − *Frau Heim:* Am Tag seiner Geburt ging der Wind, stark, mächtig. Und siehe, er kam eben zur Welt, blühte im Garten ein Baum. *Herr Heim:* War ja auch Frühling. *Frau Heim:* Vorfrühling. Im Vorfrühling blüht hier klipp und klar kein Baum. *Herr Heim:* Aber ich will von dem ganzen Kram, dem außergewöhnlichen Kram nichts mehr hören. Ich bin ein Mann. Ein Mann, der seinen Platz steht, und wenn's ein Stehplatz ist. Ich liebe die runde Kugel, die Welt, diesen Fußball.

Er steht auf und dreht den Fernseher an. In diesem Augenblick ist die gigantische Fußballarena im Zimmer, die Menge, die »Tor« brüllt; Familie Heim schaut zu. Paratuga fixiert einen Punkt an der Decke, zweimal steht er auf, um ihn zu betrachten. Die Rufe nach »Heim« schwellen an, in Chören nun. Stimme eines Fernsehreporters: Das war wieder einzigartig ... meine Damen und Herren ... in der elften Minute ... das nämliche raffinierte ... eingeleitet von ... Sie hören den Namen *Heim-Rufe* ... Schulz übernahm ... gab weiter ... an Dachweiler ... Schuß ... großartiggroßartig ... ja ... ja ... Sie sehen ... Sie hören ... das Publikum geht mächtig mit ... *Heim-Gebrüll* Heim ... Heim ... Andreas Heim wird auf Schritt und Tritt

überwacht ... die Gegner wie Geheimpolizisten ...
*Mitten im Lärm bricht der Ton plötzlich ab. Die Heims
starren sich an. Herr Heim erhebt sich. Herr Heim:* Wie
kann die Technik in einem solchen Augenblick verrek-
ken! Wie? Antwort will ich! *Er fummelt am Apparat,
verzweifelt, kniet nieder, versucht und versucht. Paratu-
ga, einen Punkt an der Decke fixierend:* Zerbrochen.
Alle außer Herrn Heim schauen zur Decke.
Beet: Die Decke müßte längst frisch gestrichen werden.
Herr Heim: Wie kann etwas einfach kaputt gehen, wie?
Ist ja, wie wenn einer plotzlich stirbt. Einer aus dem
Büro. Oder so. Einfach so. Wo bleibt die Technik?
Herbert singt: Einmal aus Liebe, einmal aus Zorn, ein-
mal von hinten, einmal von vorn. *Beet:* Angeber. *Her-
bert:* Wie wir noch Kinder waren, sagte er einmal –
Paratuga: Er? *Herbert:* Ja. Er. Sagte an einem Sonntag-
morgen, wir lagen noch im Bett und hatten uns eben mit
Kissen bombardiert, sagte: »Ich werde niemals mehr
höflich sein.« *Herr Heim:* Höflich was –? *Herbert:*
Auch nicht zu Vater und Mutter – *Paratuga:* Zu wem?
Herbert: Sie haben wohl auch Ihr Gehör bei einem
Eisenbahnunglück verloren? *Frau Heim:* Und darauf
hat er ein ganzes Jahr niemanden mehr gegrüßt. *Beet:*
Aber später ist er ein guter Doktor geworden. *Herbert:*
Zu gut. Die Patienten wollten nur noch ihn. Im ganzen
Spital. Die Kollegen wurden sauer, es krepierten ja doch
welche. *Frau Heim:* Alle sprachen von seiner Heilkraft.
Herbert: Und dann ging er eben. Wurde Sportarzt.
Herr Heim sitzt noch immer vor dem Fernsehen: Und
dann, die große Zeit seines Lebens. Herr Guyan, der
Trainer, ein großer Trainer, entdeckte ihn. Sportlicher
Einsatz. Endlich was Handgreifliches. *Herbert:* Wobei
Handgreifliches beim Fußball ausgesprochen uner-
wünscht ist. *Herr Heim:* Und nun will er nicht mehr.

Beet: Es regnet. *Herr Heim:* Regen kann alles verändern. Hab' ich in den fünfziger Jahren erlebt. Drei Tage Regen. Die Fahnen und Flaggen hingen wie vollgesoffene Strümpfe auf halbmast. *Paratuga:* Wer hat gesiegt damals? *Herr Heim:* Der Regen.

Frau Heim: Dürfen wir Ihnen einen Kaffee servieren, Herr Paratuga junior? *Paratuga:* Mit Freuden, Frau Heim, mit Freuden. Und einen Cognac. *Frau Heim:* Beet, mein Kind. *Beet steht auf und holt Flasche und Gläser, Paratuga zu Herbert:* Sie sind auch Arzt, ja? *Herbert:* Zähne. *Frau Heim:* Herbert hat ein echtes Zahngefühl. Alle loben ihn. *Paratuga:* Sie sind so häuslich, Frau Heim. *Frau Heim:* Ist ja auch was Schönes, die Häuslichkeit, nicht wahr? *Paratuga:* Vor drei Jahren verlor ich mein Lieblingshotel in Kyoto, Japan, durch ein Erdbeben. Ich befand mich gerade in Peking. *Frau Heim:* Wer sein Haus verläßt, verläßt sich selbst, sage ich immer. *Paratuga:* Man erzählt sich so viel vom Haus Ihres Sohnes. *Beet:* Gespenster.

IV

Auf der Straße unterhalten sich derweil die Passanten. Ein Passant horcht zu einem Fenster empor, aus dem der Lärm des Fußballstadions dringt. Nun spielt er doch. Ein großer Mann. *Er holt ein Taschentuch hervor und schneuzt sich.* Ein Genie des Balls und der Ballistik. *Zweite Passantin:* Soll gut im Bett sein. *Ein Passant:* Unsinn. Sportler sind alle mittelmäßig im Bett. Müssen sich schonen. *Zweite Passantin:* Deshalb bleibst du wohl Zuschauer. *Ein Passant haut ihr eine runter. Sie heult.* Unsportlich, eine Frau zu schlagen. Entschuldige. *Zweite Passantin:* Er hätte das niemals getan.

Ein Passant: holt sein Taschentuch hervor und beginnt gemächlich, das Tüchlein über den Zeigefinger gelegt, in seinen Ohren zu bohren. Schmalz. Alles Schmalz. Früher war mein Trommelfell berühmt. Die Kollegen haben mich beneidet. *Zweite Passantin:* Beneidet? *Ein Passant:* Ich hab' immer nur gehört, was mir gefiel. Zersetzendes hörte ich gar nicht. »Laßt Euch nicht betrügen.« Hm. Beneidenswert blöd. Der Ich, der hier steht, hat sich nie für blöd verkaufen lassen. Sonst würde ich mehr verdienen. Eine Nuance, die Du nicht verstehen kannst. *Zweite Passantin:* Nein. *Ein Passant:* Schau, liebes Kind, der Heim, der Andreas Heim, dein Verehrter, der will heruntersteigen, weil er muß, Köpfchen ist ja gut, Goldfüßchen ist besser. *Zweite Passantin:* »Laßt Euch nicht betrügen«, das hat er erst vorgestern gesagt. *Ein Passant:* Er meinte die gegnerische Mannschaft. *Zweite Passantin:* Glaubst Du? *Erster Passant:* Grün. Endlich. *Er brüllt:* Man könnte denken, daß an dieser Ecke ein paar Rote ihr Spiel treiben. Saupack! *Die beiden überqueren verständlicherweise die Straße. Zeitungsverkäufer:* Abendamsonntag!

V

Paratuga fixiert wieder den Punkt an der Decke. Frau Heim: Ja, die beiden verließen ihr Haus in derselben Nacht. Ließen Türen und Fenster offen, Speisen vertrockneten in Schüsseln und Tellern, Bauernkinder tollten herum und Hühner gackerten auf den Teppichen. *Herr Heim:* Hat ein perfides Weib geheiratet. Wollte nicht, daß er Fußballheld wird. *Paratuga:* Warum wollte er Fußballheld werden? *Herbert:* Was denn sonst? Revoluzzer? Unruhestifter? *Herr Heim:* Recht hatte er. Die Linken begannen schon, ihn auf ihre Seite zu ziehen. *Beet:* Alle Parteien wollten ihn. Weil alle auf ihn hörten. Alle. Es gab Morddrohungen. *Herr Heim:* Stimmt. Dutzende. Erst jetzt, seit er Fußball spielt, sind alle zufrieden. Nun kann er dem Land helfen, statt im Land Unruhe zu stiften.

Paratuga: Ich möchte nun nicht länger stören. *Er versucht, sich zu erheben und fixiert rasch den ominösen Punkt an der Decke.* Wir werden noch davon reden. *Herr Heim:* Übers Geld? *Paratuga:* Sehr unangenehm. Sehr. *Er mimt sich Schmerz ins Gesicht. Frau Heim:* Herbert wird Sie stützen und ins Hotel fahren, ja, lieber Herbert? *Herbert:* Da ich die Abendzeitung am Bahnhof holen will, geht's Hand in Hand mit der Höflichkeit. *Er hilft Paratuga. Paratuga:* Gute Nacht, gnädige Frau. Herrschaften. *Er versucht, sich zu verbeugen. Frau Heim:* Gute Nacht, Herr Paratuga junior. *Beet:* Ich geh' das Geschirr spülen. *Herr Heim:* Schlafen geh' ich.

Frau Heim bleibt allein zurück und redet gleichsam vor sich hin, zu sich selber: Mein Sohn Andreas! Über Tag und Jahre bist Du berühmt geworden. Und lange Jahre hat uns Dein seltsames Wesen Kummer bereitet. Schau, Deine Frau, die Anne, die hat nicht zu Dir gepaßt. Das hast Du richtig gespürt. Das hast Du von mir. Aber nun, da Du allein bist und doch alle auf Dich schauen, da solltest Du Dich wieder zur Zweisamkeit entschließen. Eine Frau nehmen. Das Leben – schau, Deine Mutter spricht zu Dir – ist viel leichter, wenn es schwer ist. Schön, wenn man eine Frau so gleich zur Hand hat, wie das tägliche Brot. Denk an ihn. Ja. An IHN! Wie anders wäre es doch rausgekommen. Natürlich hat Gott das so gewollt für ihn, das sagt man, was weiß man, aber: Er hätte doch mit einer Frau so vieles in einem durchaus gottesfürchtigen Sinn ändern können. Einer allein gerät immer in schlechte Gesellschaft. Nimm die Fischer zum Beispiel – war doch kein Umgang! Eine Frau verwandelt einen Mann. Eine ordentliche Frau macht aus einem Mann einen ordentlichen Mann. Ja, wäre *jener* nicht so in den Landen umhergezogen, predigend und so, und hätte dafür hübsch am Schreibtisch gesessen, hätte exakt, sauber das aufgeschrieben, was er meinte – nicht mal was Schriftliches hat er ja hinterlassen – dann, dann hätte man es drucken können. Denk an die Worte meiner Jugend: Begrüße froh den Morgen, der Müh' und Arbeit gibt, es ist so schön zu sorgen, für Menschen, die man liebt. Jawohl: liebt. Wirklich liebt. Die Seinen nämlich ! Jener hatte gut lachen. Zu Hause warteten Frau und Kinder, damals als ihn die Pharisäer anklagten. Hat er sich gewehrt? Keine Spur. Warum? Weil er sich um Frau und Kinder sorgte. Ich meine umgekehrt, dann hätte er sich gesorgt. Er hätte sich nicht mit den Frommen eingelassen. Auch nicht mit Pilatus und den Römern. Ja, hätte er wohl gesagt, vielleicht waren meine Behauptungen, meine Forderungen etwas zugespitzt, da habt Ihr recht. Ihr Pharisäer und Römer. Ich will nun redlich und still meine Beweise suchen, ich bitt' Euch, gebt mir zwei Jahre Zeit, und weißt Du was –? Sie hätten ihn laufen lassen. Glatt. So nachtragend waren die Leute damals ja gar nicht, nicht mal die Juden. Zu Hause aber hätten ihn lachend und weinend Frauen und Kinder empfangen, die Mutter auch. Glaub mir, er hätte den rechten Weg gefunden. Jener hat es hinterher leicht gehabt: »Mein Herr, mein Herr, warum hast Du mich verlassen?« So einer war der im Grunde. Im Grunde war er schon recht jener, natürlich ein großer Mann. Unbestritten. Doch er hätte es leichter haben können mit einem festen Beruf und einer guten Frau. Warum bleibst Du, mein Sohn, mein Andreas, nicht bei Deinen Fähigkeiten, Deinen sportlichen und beruflichen? – Kalt ist es. Kalt.

Das Telefon läutet. Einmal, zweimal, dreimal. Dann

nimmt sie den Hörer ab. O Gott! Welcher Sohn? Tot? Welcher? Welcher?

VI

Was Paratuga betrifft: Er hat den Unfall überlebt. Sorg-fältig löst er ein Pflaster von der Stirn und spricht: O Automobil – Du Guillotine des Mittelstandes, da wo die Sonne untergeht! Ein jähes Ende. Für Herbert, einen begabten jungen Mann. *Er schaut sich um.* Hat dieses Spital denn keinen Ausgang? *Er schaut sich wieder um.* Dort vielleicht. Links. *Er überlegt.* Der Ausgang eines Spitals ist rechts. In der Nähe von Friedhöfen und Spitälern ißt man immer gut. Kommt auf die Stadt an. Wie verbringt man den ersten Abend in einer unbekann-tèn Stadt? Immer zu Hause. Im Hotel. Hotel National.

VII

Ein Landhaus, großbäuerisch, stadtkultiviert. Das Haus ist leer, das heißt, es ist nicht leer, es ist unbewohnt. Unordnung, Zerstörtes, umgeworfene Stühle, zerschlis-sene Bücher auf dem Boden, zerrissene Vorhänge, zer-schmettertes Glas. Paratuga schaut sich um, bläst auf eine Tischplatte, von der Staub aufwirbelt. Paratuga trägt übrigens den rechten Arm in einer Schlinge. Er bückt sich nach einer Flasche, riecht daran, guckt auf die Teller, hebt ein Buch auf und läßt es nach einem kurzen gelangweilten Blick wieder fallen. Er nimmt einen Kalender von der Wand, schüttelt den Kopf, reißt die Blätter ab und läßt sie auf den Boden flattern. Schließlich setzt er sich auf einen Stuhl, entdeckt von diesem Stuhl aus irgendwo einen Spiegel, erhebt sich, bedeckt den Spiegel mit einem Zeitungsblatt und setzt sich wieder. Dann geht er zur Tür und lehnt mit dem Rücken, sozusagen nachdenklich, gegen sie und fixiert einen, seinen, Punkt an der Decke.

Wenig später wird resolut die Tür aufgestoßen, Paratuga fällt beinahe um. Die unbekannte Besucherin ist Anna Heim, die Frau von Andreas Heim. Sie trägt einen Regenmantel und hält einen Schirm in der Hand. Der ihr unbekannte Paratuga scheint sie nicht zu erschrecken, sie murmelt eine Entschuldigung und führt Paratuga zu einem Stuhl.

Anna: Sind Sie verletzt? *Paratuga:* Unbedeutend. *Er steckt den Arm wieder in die Schlinge, diesmal den linken.* Wie sieht mein Gesicht aus? *Anna:* So. *Paratuga:* Leiden? Trauer? Verträumtheit? *Anna:* Da Sie beinahe hingefallen sind, muß es wohl Verträumtheit sein.

Paratuga fummelt im Gesicht herum, Schmerz ins Gesicht formend. Paratuga: Was suchen Sie hier? Silberne Löffel? *Anna:* Ich habe hier gewohnt. *Paratuga:* Sie sind Anna? *Anna:* Sie sind Paratuga. *Paratuga:* Herr Paratuga junior, wenn ich bitten darf. *Anna:* Sehr erfreut. *Paratuga:* Erfreut? Nein. Ausländer, ich gestehe es. Doch vor allem bin ich das unglückliche Wesen, mit dem Ihr Schwager Herbert in den Tod fuhr. Gestern nacht. *Anna:* Ich las es in der Zeitung. *Paratuga:* Ein liebenswürdiger Mensch, der Herbert, ein Frühvollendeter.

Anna: Sie sind unverletzt? *Paratuga:* Leberquetschung vielleicht, Prellungen, Brandwunde. Nichts Arges. Nichts Arges, sag' ich. Da verbringt man den Abend bei einer freundlichen Familie, findet für Stunden ein Heim und wird gleich zum Boten einer anderen Welt. *Anna:* Schmerzt Sie etwas? *Paratuga:* Ein kurzes Brennen der Tränendrüsen. Seit Jahren verstopft. Ein Unfall. Sehen Sie, ich bin nicht mehr Meister meiner Gesichtszüge. Plastic, Wachs, Gummisehnen. Brauchte Jahre, um gesellschaftsfähig zu werden. Schlimm in einer Zeit, da

Freude und Trauer so rasch verbraucht werden. Für einen Menschen meines durchaus unzarten, ja zähen Alters ist es oft schwer, in Gesellschaft von Menschen und ihren so wechselnden Stimmungen comme-il-faut aufzutreten. So errege ich oft Ärger, Mitleid auch, bloß weil ich einer Situation nachreflektiere, einem Scherzwort nachlächle, während die Leute doch bereits eine ephemere Tragödie diskutieren, Autounfall oder so, kurz, wenn ich nicht aufpasse, lächle ich über Trauer. Mein Gesicht lächelt. Nicht mein Inneres.

Anna: Und was führt Sie hierher? In dieses Haus? *Paratuga:* Mein Leid. Und der Wille, dieses Leid auszudrücken. Ich hoffte, Ihren Mann – *Anna:* Er ist nicht mehr mein Mann. Wir sind getrennt. *Paratuga:* So hört' ich, ach. Getrennt von Tisch und Bett. *Anna:* Seit einem Jahr. *Paratuga:* Offen die Fenster, die Türen, für Kinder, Souvenirjäger, Diebe, Hühner und Katzen, Schnee auf den Teppichen, regennasse Vorhänge im April, im Herbst das Laub. Mondlicht in der leeren Wasserkaraffe. Wie geschah es, wie konnte es geschehen? *Anna:* Wie konnt' es geschehen? Ja? *Paratuga zuckt scheinbar zusammen und sagt fast klagend:* Ach, wie es geschah, fragen Sie mich. Wie es geschah . . . *Anna:* Sie reden von Herbert? *Paratuga:* Von Herbert, Ihrem Schwager. Es geschah nämlich schrecklich. Herbert war Linkshänder. Kalt war's. Furchtbar. Die Heizung wollte nicht richtig warmlaufen, und ich sagte: Sie frieren bestimmt an Ihren Händen, Herr Herbert. Ja, antwortete er. Reichen Sie mir doch, so sagte ich, Ihre Hand, damit ich die Finger massieren kann, und er hob – als Linkshänder – natürlich spontan die meistgebrauchte Hand, die linke eben – ich für meine Person, griff hinüber nach seiner Rechten, und seine Linke griff nach meiner Rechten, während meine Linke seine rechte Hand vom Steuer

nahm – in diesem Augenblick: die Kurve. Ein Nuß-
baum. Wie der Tisch dort. Ein Schlag, dann Feuer, als
der Benzintank explodierte. Die Beisetzung findet morgen statt. Man hofft auf Nachlassen der großen Kälte.
Anna: Ich will aufräumen hier. *Paratuga:* Heute? Nach
einem Jahr? *Anna:* Ich will aufräumen. Das ist alles.
Paratuga: Frauen, immer Frauen, die aufräumen. Meine
Mutter, eine verwöhnte, bequeme Dame fürwahr,
pflegte den Nachlaß verstorbener Verwandter aufzuräumen, die Korrespondenz und all das. Über das Grab
hinaus hat sie wohl Entdeckungen gemacht. *Anna:* Ach
ja, Briefe. Ein ganzer Haufe liegt im Hausflur. Die
meisten feucht und verfault – *Paratuga:* Vergessen.
Anna: Holen Sie sie bitte trotzdem. Sie wollen doch
helfen, nicht wahr? *Paratuga:* Eigentlich nicht, Gnädigste, ich bin kein ausgesprochener Helfer. Rein gesund-
heitlich gesehen. Ich komm' so daher, ich weiß, Zylinder, gediegener Anzug, gute Manieren, Güte, Verständ-
nis, Herz.
*Er schlägt sich auf die Brust, und ein kleiner Gegenstand
fällt aus dem Anzug. Paratuga sinkt in die Knie.* Dort –
das Ding, das kleine Ding –, bitte . . . *Anna:* Das hier?
Paratuga: Hier, hier . . . Batterie für den linken Herz-
muskel. Danke – ja, danke. Hier. *Er nestelt unter seinem
Rock.* Hier. Danke recht schön für die Aufmerksamkeit.
Er holt Atem, guckt auf seine Taschenuhr. Zeit zu
gehen. *Anna:* Die Briefe unten, Herr Paratuga. Wäre
dankbar. *Paratuga:* Die Briefe? Sie kennen meinen
Zustand? Sie fordern dies? In Kenntnis meiner Konstitu-
tion? *Anna:* Sie sind ein starker Mann, Herr Paratuga.
Paratuga: Mr. Paratuga junior. *Anna:* Wie Sie meinen.
Holen Sie nun die Post? *Paratuga:* Frieren Sie nicht?
Die Stadt friert. Das Land erstarrt. Die Bettücher, von
Hausfrauen vors Fenster gelegt, sind leichensteif nach

fünf Minuten. *Anna:* Ich friere nicht. *Paratuga:* Weiber-kraft, Weiberkraft, Weiberkraft – *Anna:* Sie beten –? *Paratuga:* Ich ringe die Hände. *Er fixiert einen Punkt an der Decke. Anna:* Sie frieren? *Paratuga:* Frieren? Ich habe mit nackten Händen Königskronen aus Gletschern gebuddelt. Als ich jung war. *Anna:* Nun holen Sie die Briefe, ja. *Paratuga:* Nun hole ich die Briefe, ja. *Er bleibt stehen. Fixiert noch immer den Punkt.*

Anna: Wer hat bloß die Zeitung über den Spiegel gehängt? *Er geht zum Spiegel und reißt das Zeitungs-blatt ab. Paratuga:* Ich war's. Schauen Sie, wenn man mit meinem Gesicht, Sie kennen die Gründe, mit mei-nem Gesicht sich so unerwartet begegnet, mit einem Ausdruck, der nicht dem Inneren entspricht. *Er befestigt das Zeitungsblatt wieder vor den Spiegel.*

Anna: Holen Sie die Post, Mr. Paratuga. Ich räume auf. Hinterher dürfen Sie sogar erzählen, weshalb Sie hier sind. Was sind Sie eigentlich von Beruf, ich meine: wovon leben Sie? *Paratuga:* Vom Entgegenkommen lebe ich, Madame, vom Entgegenkommen. Nicht auf mate-rieller Ebene. Versteht sich. Beruflich beschäftige ich mich mit außerordentlichen Menschen. Pro Jahrhundert kein Dutzend. Mein Institut hat dies festgestellt. Kaum ein halbes Dutzend. Drei oder etwas darüber. *Anna:* Sie rechnen ihn dazu –? Andreas? *Paratuga:* Ihn? *Anna:* Meinen Mann. Schmerzt Sie etwas? *Paratuga, als hätte er die Frage nicht vernommen:* Die Zunge – ein Tropfen des brennenden Benzins wohl. *Anna hebt die Hand. Paratuga:* Unterstehen Sie sich nicht. Ich hole die Briefe. *Anna beginnt abzuräumen, aufzuräumen, trägt die Sachen in die Küche. Sie hält bei einzelnen Gegenstän-den inne, überlegt, trägt Teller, Besteck, Gläser hinaus in die Küche, kehrt zurück, hebt die umgefallenen Stühle vom Boden auf. Paratuga kehrt beladen, keu-*

chend, in schräger Körperhaltung zurück, wirft die Briefe auf den Boden und hilft Anna beim Aufräumen. Beide schweigen.

Paratuga: Werbebriefe. Darf ich Sie bitten, gnädige Frau — Anna: Anna. Paratuga: Darf ich Sie Frau Anna nennen? Anna: Anna genügt. Paratuga: Anna! Rücken massieren. Meinigen. Kurz überm Steiß. Marschzack! Anna: Sie sind wohl nicht bei Trost? Paratuga: Sie treffen, Madame, nicht daneben. Mit Ihrer Feststellung. Sie verstehen. Ich brauche Distanz. Vorname, Vertrautheit, Intimität, Zuneigung — macht mich krank. Wenn einer nur im Hotel lebt, Hilton, Eden, Belvedere, Vierjahreszeiten, Bonavante, Ritz, Trocadero, etc. Ich flehe um Distanz. Bin nun mal so erzogen worden. Anna: Lebt Ihr Vater noch? Paratuga: Keine Ahnung.

Sie räumen weiterhin auf. Paratuga bückt sich nach Büchern, bläst Staub aus den Seiten, liest kurz und neugierig darin und stellt sie auf das Büchergestell.

Anna: Irgendein Zuhause müssen Sie doch haben. Paratuga: Hotelzimmer. Und tausend Belästigungen durch das Hotelpersonal. Man läßt Rasierklingen auf dem Badezimmerflies liegen, die Wäscherei glättet die Hemden schräg zusammen oder heftet Stecknadeln in meine Unterwäsche. Es gehört zu meinen Gepflogenheiten vor dem Zubettgehen Haselnüsse, Baumnüsse oder Erdnüßchen um mein Bett zu streuen — aus purer Angst. Ich höre, erwache aus dem Schlaf, wenn sich wer meinem Bett nähern sollte. Telegramme sind mein Hobby. Ich schicke Telegramme, als Hobby. Anna: So. Paratuga: Schauen Sie, gnädigste Frau Anna, ich bin kein großer Leser, von Fachschriften abgesehen, doch neben dem Buch der Bücher, das heutzutage in jedem anständigen Hotel aufliegt, besorge ich mir auch immer das Telefonbuch der Metropole, in der ich weile. Lese darin vor dem Einschlafen. Die Vielfalt der Namen, die Vielfalt der Schicksale – das überwältigt. Ich denke nach, konzentriere mich, sage zu mir: Die schlafen jetzt alle! Alle. Ich schlage das Telefonbuch auf, tippe mit dem Nagel auf den ersten Buchstaben, greife nach dem Hörer und verlange das Amt. *Anna:* Sie sind einsam. Weißgott. *Paratuga:* Gottweiß. *Anna:* Und dann? *Paratuga:* Was ich mir zufällig so vorstelle. Wie der Mann lebt, die Frau, die Kinder, Beruf, Geld und Gesundheit, Kummer, Freuden, Sorgen – aber das soll uns nicht weiter kümmern. Es ist Tag. Wir haben eine Arbeit zu bewältigen. In jede Ecke gehe ich, jawohl, nicht zu glauben, Hühnerdreck. *Er holt einen Besen, beginnt zusammenzuwischen.* Sogar Hühner leben hier? *Anna:* Was steht in Ihren Telegrammen, Paratuga? *Paratuga:* Nichts Tiefsinniges. Ich höre ja nie von der Wirkung des Telegramms. *Anna:* Beispielsweise? *Paratuga:* Bitte nein. Ein Berg von Arbeit liegt vor uns. *Anna:* Ein Beispiel! *Er beginnt die Vorhänge zu ordnen, die Vorhangringe, die Falten. Paratuga:* Der Text des Telegramms lautet zum Beispiel: An Dr. Sebastian Muralt, Kinderarzt, Nonnengasse 11, Text: Kurtchen verschieden. Verlange Rechenschaft. Sie hören von meinem Anwalt. Da liege ich in meinem Bett, denke, wie der Arzt das Telegramm öffnet, sich auf alle Kurtchen, die er vielleicht gehabt hat, besinnt, wie er – etwas verzweifelt, er hat ja schon etliche Kurtchen verschuldet, wie er glaubt, kurz und gut: Er hat was zu denken in dieser Nacht, und *ich* hab' was zu denken. Wenn ich mir die Tragödie, sie fand ja nicht statt, wenn ich also die Tragödie bis zum schlimmsten Ende nachgefühlt habe, dann kann ich schlafen. Wahrscheinlich bin ich verbittert. *Anna:* Sie sind verbittert. *Paratuga:* Möchten Sie ein Alkaseltzer? *Anna:* Solche Dinge – *Sie schüttelt den*

Kopf. Paratuga: Tu' ich. Möchten Sie, daß das Bild schräg hängenbleibt? *Anna:* Um Gottes willen – *Paratuga:* Waagrecht ist es viel schöner. Wiewohl ich zu Malerei sonst wenig äußere Beziehung habe. Hab' ich Sie erschreckt? Lassen wir die kleinen Tragödien in den Telefonbüchern – vergessen wir ihn nicht. Ihren Mann. Andreas Heim. Saß er hier damals? *Anna nickt, trägt Sachen in die Küche. Paratuga versetzt dem Stuhl einen Tritt.* Hübscher Sitzplatz. *Er versetzt dem Stuhl abermals einen Tritt, einen stärkeren diesmal.* Harter Stuhl. Wissen Sie, ich hab' auch ihm ein Telegramm geschickt. *Anna:* So? *Paratuga:* Stand zufällig auf dem Turm der Nôtre Dame, Paris, hatte zufällig kein Schreibzeug bei mir. Ein Herr neben mir schrieb Ansichtskarten, und als ich wieder unten war, stand ein Menschenhaufen um den Mann herum, schrecklich, schrecklich – *Anna:* Hat Andreas Ihr Telegramm beantwortet? *Paratuga:* Nein. Obwohl ich um ein Interview bat. *Anna:* Er gibt nie Interviews. *Paratuga:* Hie und da müssen die Großen zu den Kleinen und Sterblichen herabsteigen, gnädige Frau. *Anna:* Die Großen sollten Leitern schaffen, damit die Kleinen zu ihnen hinaufgelangen. *Paratuga:* Politiker mögen das tun. Auserwählte nicht. Das Volk will Fußball, Kreuzworträtsel oder Krieg. Deshalb ist jede Politik richtig. *Anna:* Warum ist mir der Tod meines Schwagers so gleichgültig? *Paratuga:* Miserabler Autofahrer.

Die Tür geht auf, und Paratuga fixiert immer und immer wieder einen bestimmten Punkt an der Decke, auch aus verschiedenen Aspekten des Zimmers.

Guyan steht in der Tür, schweigend, zurückhaltend, freundlich auch, ein unscheinbarer Mann, Mitte Vierzig oder so; er nimmt den Hut ab, hüstelt. Guyan: Ich hoffe, nicht zu stören. *Anna:* Sie stören nicht. Doch Ihre

Anwesenheit ist ein Irrtum. *Guyan:* Er ist also nicht hier? *Anna:* Nein. *Guyan:* Sie wissen, wo er sich aufhält? *Anna:* Nein. *Guyan:* Sein Benehmen ist nicht unbedingt sportlich. *Anna:* Dies dürfte sein letzter Ehrgeiz sein. *Guyan:* Heim war der sportlichste Fußballer, den ich je unter meinen Fittichen hatte. *Anna:* Fittichen . . .

Guyan: Weiß er, daß sein Bruder gestern nacht umgekommen ist? *Paratuga:* Ja. Ich war dabei. *Guyan:* Sie, sind Sie Reporter einer Illustrierten? *Paratuga:* Keineswegs. Schreiben ist mir ein Greuel. *Guyan:* Reden nicht? *Paratuga:* Wer redet? *Guyan:* Ich bitte Sie — diesen Herrn kenne ich leider nicht — *Paratuga:* Mister Paratuga junior. *Guyan:* Sehr erfreut. Guyan. Karl Guyan. *Paratuga:* Meinetwegen.

Guyan: Anna! Ich fordere Ihre Hilfe. *Aber Anna ist wieder in der Küche verschwunden. Paratuga:* Bitte setzen Sie sich. *Guyan:* Ich stehe lieber. *Paratuga:* Sie können auch auf dem Stuhl stehen. *Anna kommt zurück.*

Guyan: Ich respektiere Ihr Privatleben, Anna. Doch Andreas Heim hat sich — unaufgefordert — dem Bereich entzogen und gehört nun seiner Stadt, seinem Land. Einer der größten Fußballspieler aller Zeiten. *Anna:* Andreas vermöchte in jedem Bereich groß zu sein. *Guyan:* Vielleicht. *Anna:* Möchten Sie einen Kaffee? *Paratuga:* Coffein ist unsportlich. *Anna zu Paratuga.* Bitte! Schweigen Sie. *Guyan:* Danke, nein. Schauen Sie, Heim gehört nun diesem Land. Das Land zählt auf ihn. Seine Mitmenschen zählen auf ihn. Heim ist der Selbstrespekt dieser Mitmenschen, und man sollte dies nicht mißachten. Es gibt so wenig, das Menschen noch achten, respektieren können. Warum nicht eine sportliche Leistung, sportliche Genialität — entschuldigen Sie — die mehr sagt, mehr gibt, dem Volk, als Worte? *Anna:* Das Volk soll selber spielen. Treten und kicken ist Stärke des Volkes. *Guyan:* Vielleicht. Aber es geht um unser Land. *Anna:* Ich schere mich nicht um mein Land.

Guyan: Erinnern Sie sich an den Beruf Ihres Mannes? *Paratuga:* Eine bescheidene Frage, zugegeben. *Anna:* Ja. *Guyan:* Er war Arzt. Arzt sein heißt helfen. Und helfen muß ein Arzt da, wo Hilfe am nötigsten ist. Andreas ist für das Volk, er gehört dem Volk! Anfangs versuchte ich, ihm Kniffe und dreckige Tricks beizubringen, er hat sie verweigert. Niemals hat er sie angewendet. Bis ich spürte: Hier ist ein Großer am Ball, und ich – *Anna lacht –* ich bitte um Ihre Hilfe. Gerade unser Land, neun Jahre vom Krieg verschont, fleht um Hilfe.

Draußen Hundegebell. Guyan geht zum Fenster, öffnet es: Ich bin kein Pessimist. Ich glaube an die Menschen. *Er pfeift dem Hund.* Brav, Sascha, brav. Bin bald bei Dir. *Paratuga:* Sicher Bauernkinder, die das arme Tier quälen. Wie kann man ein Tier so einsam anbinden. *Guyan:* Der Hund ist nicht angebunden, Mr. Paratuga.

Paratuga fährt fort, seinen Punkt an der Decke zu fixieren; Guyans Blick folgt ihm. Anna: Andreas hat verkündigt, er werde nicht mehr spielen. Nie mehr. *Guyan:* Andreas Heim ist ein Mensch, und er wird spielen am kommenden Sonntag. Er wird jene, die an ihn glauben, nicht verraten. *Anna:* Warum sind Sie gekommen? Sie sind so sicher. *Guyan:* Wer Trost braucht, möchte trösten. *Er fragt Paratuga:* Warum lächeln Sie? *Paratuga antwortet nicht, knetet sich das Lächeln aus dem Gesicht. Guyan:* Eine Mannschaft steht auf dem Spiel. Eine Mannschaft, ein Land, ein Volk. *Er sagt zu Paratuga:* Wenn ich Namen und Zusammenhänge richtig begreife, befanden Sie sich, Herr Paratuga – *Paratu-*

ga: Mr. Paratuga junior. *Guyan:* Befanden Sie sich im Unglückswagen, im Wagen –? *Paratuga:* Richtig. Mein Lächeln war nicht auf Ihre gesunden Feststellungen gemünzt. Vielmehr auf eine witzige Bemerkung des verunglückten Bruders, unseres gemeinsamen – *Guyan:* Kennen Sie ihn? *Paratuga:* Herbert. Aber natürlich! Was ich sagen wollte, das Lächeln, das Sie auf sich bezogen, galt nicht Ihnen, sondern war Ausdruck eines Konflikts. Einerseits hörten meine Ohren Ihre Rede, meine Erinnerung jedoch galt auch Herbert, zugleich versuchte ich zu unterscheiden, ob der augenblickliche Gesichtsausdruck dem letzten Scherzwort Herberts galt oder der Hoffnung, der Gewißheit, die uns alle erfüllt, daß Andreas Heim sich seinem Land stellen wird. *Guyan:* Versteh' ich nicht. *Paratuga:* Damit Sie's verstehen, Herr Guyan, der menschliche Gesichtsausdruck ist derselbe bei Zahnschmerzen, beim Tod eines Hundes oder Verlust einer Geliebten. *Guyan:* Aha. Aber ich bin ein Mensch, der verhandeln, aber auch Tatsachen akzeptieren will. *Anna:* So akzeptieren Sie die Tatsache, daß Andreas Heim nicht mehr spielen wird.

Paratuga fixiert seinen Punkt an der Decke. Guyans Blick folgt ihm zuweilen. Guyan: Anna. Ich bitte um Ihre Hilfe! *Anna:* Wenn ich Ihnen helfen könnte, ich würde es nicht tun. *Guyan:* Wo ist er? *Anna:* Genügt Ihnen die Feststellung, daß er mich verschmäht?

Paratuga beginnt eifrig, doch langsam und leise, die ganze Unordnung des Raumes wieder herzustellen; er reißt die Vorhänge herunter, hängt die Bilder schief, holt den Mülleimer, schüttet ihn aus, nimmt Zeitungen und läßt die Blätter auf den Boden fallen, so diskret wie möglich. Guyan: Er hält sich irgendwo versteckt. In seinem Hotelzimmer ist er nicht mehr. *Anna:* Man kann sich auch nicht zeigen, ohne sich zu verstecken. *Guyan:*

Die Beisetzung seines Bruders findet morgen statt. Seine Eltern, auch Freunde, ich, werden dort warten, um gemeinsam zum Friedhof zu fahren. *Paratuga:* Welches Hotel? *Guyan:* Hotel National, Herr Paratuga junior. *Paratuga:* Mein Hotel. *Guyan:* Auch Sie sind herzlichst eingeladen. *Paratuga:* Eingeladen? Ich war dabei! *Guyan:* Wo? *Paratuga antwortet nicht, fixiert den Punkt an der Decke.*

Guyan: Entschuldigen Sie, ich hätte beinahe vergessen . . . *Anna:* Weshalb man sich überhaupt dort trifft, nicht wahr? *Guyan:* Berufseifer. Ich bitte um Verzeihung. *Draußen bellt der Hund.* Ich fürchte, es ist Zeit zu gehen. *Paratuga:* Der Herr sei mit uns. *Guyan bleibt noch für Augenblicke stehen, dann verläßt er das Haus.* *Anna:* Sind Sie eigentlich ein Mann, Paratuga? *Paratuga:* Freilich. Wenn es mit dem Nachschub klappt. *Anna:* Nachschub? *Paratuga:* Indiskretion steht einer Dame nicht an. *Er sieht sich um, ohne die wieder hergestellte Zerstörung zu bemerken.* *Anna:* Entschuldigen Sie. *Paratuga:* Entschuldigen Sie, Herr Paratuga junior. *Anna:* Ja.

VIII

Guyan ist schwarz gekleidet, biedermännische Trauereleganz. Er führt einen deutschen Schäferhund bei sich, der grüngekleidete Hotelportier erscheint und führt den Hund ab. *Guyan:* Eigentlich wollte ich noch meiner Frau telefonieren. Vermutlich fährt sie direkt zum Friedhof. Sie trägt ja ein schwarzes Kleid. Ihr Vater starb im vergangenen Sommer. Wir wußten uns immer zu organisieren, die Dinge müssen klappen. Meine Frau hat das gelernt. Organisieren ist eine Form der Würde. Ich bin kein Pedant. Doch jedermann und jedes Ding hat seinen Platz. Für alles muß man einen Platz finden. Für den

Schirmständer einen Schirm; einen Schirm für den, der bei Regen ohne Schirm ist; Wasser für den, der dürstet; Geldmangel und Bevormundung für den, der zuviel trinkt. Das sind so die kausalen Zusammenhänge. Auch die vorübergehend milde Form einer Diktatur hat ihre Vorteile in unserer planlosen Zeit. Was die Zeit betrifft, die Pünktlichkeit: Pünktlichkeit ist die Höflichkeit der Könige. Wer unpünktlich ist, beleidigt seinen Gastgeber, denn der Gastgeber ist König. Versprechen muß man halten, so wie man Verträge halten muß, Abmachungen, wie die Banken, deren Konten dem Geheimnis unterstehen. Jede Abmachung verpflichtet und wenn die Welt sich ihr entgegenstellt. Es ist nicht wichtig, sich selber treu zu sein, wiewohl ich dies bin.

IX

Luxus-Zimmer des Hotel NATIONAL, *modern, ein Doppelbett, auf der linken Seite ein Paravent; eine Tür, die auf einen Balkon führt, eine andere, links, zum Badezimmer. In einer Ecke, verächtlich aufgetürmt, Fußballtrophäen, Zeitungen, Stapel von Büchern, auf dem Nachttisch ein Telefon. Herr Heim, Frau Heim und Beet sitzen regungslos da, in Fauteuils, eingemummelt, der Kälte wegen. Neben ihnen steht, bebend vor Kälte, ein Fußballer im Spieltenue, er trägt einen schwarzen Fußball unter dem Arm, einen Kranz unter dem linken. Frau Heim:* Todeskälte. *Zu ihrer trauernden Schwiegertochter:* Entschuldige. *Herr Heim zum frierenden Fußballer:* Hältst Du's noch aus, mein Junge? Trippeln, das hilft. Trippeln an Ort. *Frau Heim:* Wie beim Zahnarzt. *Herr Heim:* Mit mehr Würde allerdings. Ich höre Pfiffe. *Frau Heim:* Vielleicht Amerikaner. Die pfeifen aus Zustimmung. *Beet:* Herbert war Zahnarzt. *Herr Heim:* Oder die Radikalen. *Frau Heim:* Die pfeifen doch nicht. *Herr Heim:* Hab' ich ja nicht behauptet. *Frau Heim:* Ewig diese Mißverständnisse. *Beet:* Wenigstens vor Beerdigungen sollte man Mißverständnisse vermeiden. *Sie bläst ihren schwarzen Schleier auf. Frau Heim:* Man könnte denken, Du langweilst Dich.

Klopfen an der Tür, Guyan kommt herein, schwarz gekleidet. Guyan: Beileid. Aufrichtiges Beileid. Herbert hinterließ bei mir einen unauslöschlichen Eindruck. *Er schaut sich im Zimmer um.* Er ... ist noch nicht da? *Herr Heim:* Nein. *Frau Heim:* Wir warten seit einer Stunde. *Guyan:* Er wird kommen. Halb drei. *Draußen Hundegebell.* Brav, brav. Ein Chronometer von einem Hund. Bellt exakt um halb drei. *Fußballer zu seinem Trainer:* Muß ich Kranz und Ball noch lange halten? *Guyan:* Den Kranz kannst Du zu Deinen Füßen legen. Wärmt ja auch ein bißchen. *Beet:* Mein Schleier ist ein Vorhang eisgefrorener Tränen. *Frau Heim:* Jede Mode überlebt sich. *Beet:* Ich ... ich kann nicht mehr weinen. Die Tränen fließen nicht mehr. *Herr Heim:* Zeugt von der Größe deines Schmerzes. Der Ausdruck »Wasserabschlagen« wurde während Napoleons Rußlandfeldzug geprägt. Die Medizin hat den Ausdruck beibehalten. *Guyan zu Beet:* Sie sind eine tapfere junge Frau. *Zum Fußballer:* Du brauchst nicht länger zu warten. Die Freundespflicht ist erfüllt.

Die Tür öffnet sich, Anna erscheint. Guyan geht auf sie zu, ergreift ihre Hand. Guyan: Ich wußte es. Bin voller Dank. Für unser Land. Die Umstände verdrehen die Normen der Höflichkeit, das heißt — Sie behalten Ihren Mantel lieber an. Will nicht fragen, wo er, Andreas, steckte; daß er kommt, ist Erfüllung meiner Gewißheit. Ich wußte es. *Anna:* Er wird nicht kommen. *Guyan:* Er kommt.

Die Tür wird mit einem Fußtritt geöffnet, alle erheben sich, doch es ist Paratuga, der erscheint, eine Bockleiter über der Schulter. Alle schauen ihm zu, wie er mit der Bockleiter hinter den Paravent geht und dort verschwindet. Guyan schließt die Tür. Guyan: Er wird kommen. *Anna:* Er wird nicht mehr spielen. Und er will mich nicht mehr sehen. *Guyan:* Und weshalb sind Sie überhaupt gekommen? *Anna:* Um Ihre Enttäuschung zu genießen. *Frau Heim:* Typisch. *Anna reicht Beet die Hand. Anna:* Randbemerkungen sind immer typisch, liebe Mama. *Frau Heim:* Ich bin nicht mehr Ihre Mama. *Anna:* Ihr habt Euch an das Leben gewöhnt, wie an liebgewordene, ausgelatschte Schuhe. *Guyan:* Nein, aber nein, liebe Anna. Wir lieben ihn wie Sie. Aber wir alle müssen uns auf das Irdische beschränken, ein klein wenig. *Draußen Hundegebell, dann kurzes Aufheulen; Stille. Guyan:* Was war das? Sascha? *Herr Heim:* Ihr Hund? *Guyan nickt.*

Ein Hotelbursche, ziemlich langhaarig, steckt den Kopf durch den Türspalt. Hotelpage: Befindet sich da ein Herr Guyan? *Guyan:* Ja. *Hotelpage:* Das Management läßt dringlichst mitteilen, daß es keinen Wert auf tote Hunde in den Räumlichkeiten des Hotels legt – *Guyan stürzt zur Türe. Frau Heim:* Wie sich der Schmerz eines Tieres so freigeben kann. Erstaunlich. *Herr Heim:* Jeder Montagmorgen hätte mir diesen Schrei entreißen können. *Frau Heim:* Menschen sind eben beherrschter. Macht wohl der Arbeitsplatz. Haben Sie etwas verloren, Herr Paratuga junior? *Paratuga antwortet nicht; er steht auf der Leiter, sein Kopf ragt über den Paravent hinaus; er fixiert einen Punkt an der Decke.*

Herr Heim: Ich habe die Versicherung in Kenntnis gesetzt über Ihre zerbrochene Kniescheibe. Es handelt sich tatsächlich um chinesisches Porzellan. *Frau Heim:* Herr

Paratuga ist sonst immer so höflich. Vielleicht hat er Sorgen. *Anna:* Vielleicht hat er bloß seine Kontaktlinsen verloren. *Frau Heim:* Ruhe. Ich kenne Sie nicht. *Anna:* Er kann die Kontaktgläser trotzdem verloren haben. *Frau Heim:* Nicht hier. *Paratuga verschwindet, bleibt jedoch hinter dem Paravent.*

Herr Heim: In zwanzig Minuten sollten wir dort sein. *Frau Heim:* Wo? *Beet:* Ich geh' jetzt. *Frau Heim:* Ach so. Warten wir noch fünf Minütchen. Bis Andreas kommt. *Sie beginnt zu flennen. Herr Heim:* Was hast Du? *Frau Heim:* Eben ist mir die Ursache eingefallen. *Herr Heim:* Welche Ursache? *Frau Heim:* Weswegen wir warten. Ach, Herbert! Herbert!

Die Tür geht auf; Guyan, er ist voller Schmerz und beherrscht sich, schaut zum Paravent. Guyan: Wie kann man ein so schönes Tier umbringen? Ich habe alles für ihn getan, alles. Für Ihren Sohn, Ihren Mann. Sogar meine Frau hab' ich vernachlässigt. Und nun nimmt er mir meinen Hund. *Anna:* Man hat mir meinen Mann genommen. *Guyan:* Niemand hat Ihnen den Mann genommen. Dieser Wunderknabe hat die Wahl gehabt. Ich hab' ihn groß gemacht.

Paratuga sucht nun etwas auf dem Boden. Frau Heim und Herr Heim helfen ihm suchen auf allen vieren; nur Anna und Guyan bleiben unbeweglich stehen. Paratuga: Dank, ehrlichen Dank. Filigranplastik. Hör' keinen Ton ohne sie. Empfindsam wie das Hymen einer Jungfrau. *Er fummelt an seinem Ohr.* Ich höre wieder. Und was höre ich? *Anna zu Guyan:* Er hat gesagt, was es noch zu sagen gibt. *Guyan:* Warum nennt er nicht Namen? Wen meint er? Die Kirche?

Paragua mischt sich, eintönig schnarrend, ein, als hätte er das, was er sagt, bloß auswendig gelernt. Paratuga: Ist die Kirche Ihr Problem, Herr Guyan, dann fühlen

Sie sich dem Satze Heims zufolge von der Kirche betrogen. Wer weiß? Jeder, der auf einem Punkt insistiert, schafft Unruhe. In einer Welt, in der sich die Ideen derart widersprechen, muß der einzelne den Kampf beginnen. Hurra. *Guyan:* Sport ist völkerverbindend. Hören Sie nicht auf ihn, Anna. *Paratuga verschwindet wieder hinter dem Paravent.*

Anna: Ich bin hier, weil ich sehen will, daß er nicht kommt. Kommt er nicht hierher, kehrt er vielleicht zu mir zurück. *Guyan:* Als Prophet? *Herr Heim:* Papperlappapp. Hab' noch nie von einem verheirateten Propheten gehört. *Anna:* Er wird der erste verheiratete Prophet sein.

Man vernimmt Paratugas Meckern hinter dem Paravent. Alle schauen dorthin. Guyan: Selbst der muß lachen. *Anna:* Euch wird das Lachen vergehen. Euch allen wird das Lachen vergehen, denn er wird zurückkehren, aber nicht zu Euch. Er wird zurückkehren. Zu mir! *Guyan:* Keine Worte mehr verschwenden. Keine. *Frau Heim:* Wahrlich, ja. Kein Wort mehr. *Sie stößt Herrn Heim mit dem Ellbogen. Herr Heim:* Kein Wort mehr. Wo bleibt der verdammte Kellner? Ich möchte endlich meine Tasse Kaffee haben.

Paratuga steigt wieder die Leiter hinauf, fixiert den Punkt und verschwindet wieder. Der Lärm von draußen wird immer stärker. Guyan: Ich kann die Verantwortung für Kommendes nicht mehr übernehmen. *Anna:* Wozu sich ereifern. Die entscheidende Schlacht findet erst morgen statt. Kommt er, haben Sie gewonnen. Kommt er nicht, haben Sie verloren. *Guyan:* Obwohl ich mich verschwende: Er müßte hier sein. Zu »Ja« oder »Nein« stehen. *Frau Heim:* Es ist ohnehin zu spät. *Herr Heim:* Eigentlich hätte man telefonieren müssen. *Guyan:* Wem? *Frau Heim:* Aber Herr Guyan. Schließlich haben wir einen Sohn verloren, den Herbert, und wir warten hier auf den zweiten. *Guyan:* Verzeihung. *Paratuga kommt hinter dem Paravent hervor, schaut nicht um sich und geht zur Tür. Guyan:* Augenblick. Herr Paratuga – *Paratuga:* Ja. *Guyan:* Sie wurden im Korridor dieses Hotels gesehen, kurz, *seine Stimme bricht fast,* bis mein Hund – *Paratuga:* Verschied? Ich wohne in diesem Hotel, Herr Guyan. *Guyan:* Warum schleichen Sie so davon? *Paratuga:* Ungern hör' ich das Wort schleichen. *Er geht wieder hinter den Paravent. Man hört Gejohle der Menge vor dem Hotel. Die Leute rennen über die Straße, Rufe, Parolen, »Heim, Heim, Heim!« Hotelpage durch die halb offene Tür:* Die Direktion des Hotels bedauert, daß sie die Manifestanten ohne Hilfe der Polizei nicht mehr aufhalten kann. Um Scherben zu sparen, wird das Hauptportal geöffnet. Die Kameras der Fernsehleute sind schußbereit. *Paratuga fixiert noch immer den Punkt.*

Herr Heim: Diese Verehrung. Und ich bin sein Vater. *Frau Heim:* Der arme Herr Paratuga junior. Was er bloß sucht? Warum hilft ihm niemand? *Guyan entschlossen zu Anna:* Wenn er nicht morgen, ich wiederhole: Wenn er nicht morgen eine Stunde vor Spielbeginn sich einfindet, werde ich ihn vernichten. So wie ich ihn förderte und groß machte. Mit Glück, mit viel Glück – wird er unser Land für alle Zeiten verlassen. Ich schwöre es. Als Patriot. *Geht zum Paravent.*

Der Lärm der Menge kommt näher, wird lauter und lauter. Herr Heim, grimmig: Aber recht hat er. Ich werde, wo immer es sein wird, im Büro oder so, meinen ältesten Sohn, Andreas, verleugnen, jetzt, in diesem Augenblick, da mein zweiter Sohn vielleicht bereits unter dem Boden ist. Wenn ... wenn er nicht spielt morgen! *Guyan zu Paratuga:* Was suchen Sie eigentlich?

Frau Heim: Schon bei uns zu Hause hat er an die Decke gestarrt. *Paratuga:* Ich kann es einfach nicht verstehen. *Guyan:* Was können Sie nicht verstehen? *Er erhebt sich, geht zum Paravent. Paratuga:* Der Punkt dort. Dort oben. Ich verstehe es nicht. *Guyan:* Was verstehen Sie nicht? Welcher Punkt? *Steigt die Bockleiter hinauf, wird nun erst wieder sichtbar. In diesem Augenblick stürmt das Volk herein. Guyan stürzt von der Leiter.*

X

Diesmal die Hotelsuite Paratugas im Hotel National. Der Spiegel ist mit Kleidungsstücken verhängt. Guyan liegt auf dem Bett. Paratuga kommt herein, leise, er nimmt die »Bittenichtstören«-Tafel von der äußeren Türklinke und hängt sie an die innere. Dann geht er zu Guyan, fühlt seinen Puls. Paratuga: So auf dem Rücken liegend, kann man glatt ersticken. – Wenn Sie, Herr Guyan, die Augen wieder öffnen, so glauben Sie, das Zimmer von vorhin zu erkennen. Sie erinnern sich: Fielen von der Leiter. Nun befinden Sie sich im dritten Stock des Hotels. Um beste Pflege besorgt, habe ich Sie vom Hotelpersonal zu mir tragen lassen. *Für sich:* Hört noch nicht zu. *Er schaut auf die Uhr und summt.* Tea for two ... *Er nimmt den Telefonhörer ab.* Ja? Lassen Sie bitte zwei – nein, eine Portion Tee auf Zimmer 388 bringen. Mit Zitrone und Milch. Richtig. Scheidet sich besser. *Er betrachtet Guyan.* Mit dem Rücken auf die Kante. *Er geht zum Wandschrank und holt drei Koffer hervor; einem Koffer entnimmt er eine Weltkarte.* Duft. Weite Welt. Fröhliche Menschen. In wenigen Minuten, Herr Guyan, werden wir wissen, ob er spielt heute oder nicht. Gemeinsam werden wir uns das anhören.
Es klopft an die Tür. Paratuga: Herein! *Der Hotelbursche balanciert Tee und ein Stück Zitrone.*

Paratuga: Milch? *Hotelbursche:* Zitrone. *Paratuga:*
Und Milch. Hab' ich bestellt. *Hotelbursche:* Was?
Paratuga: Es heißt: Wie? *Hotelbursche:* Was: wie?
Paratuga: Jemand in Ihrer Familie muß die Wälder sehr
spät verlassen haben. *Hotelbursche latscht zu ihm hin.*
Hotelbursche: Schauen Sie, Herr Paratuga senior, das
sind andere Zeiten. Leute wie Sie – *Paratuga:* Beschweren werde ich mich. Brieflich. *Hotelbursche:* Briefbe-
schwerer? *Paratuga:* Kein Trinkgeld. Absolut. *Hotelbursche holt eine Münze hervor und wirft sie Paratuga
vor die Füße.* Dafür kriegen Sie eins von mir. Pfeifen
Sie, wenn Sie einen Wunsch haben. *Paratuga:* Würst-
chen. *Paratuga entfaltet die Weltkarte und pfeift vor
sich hin. Hotelbursche:* Im Ernst? Möchten Sie Würst-
chen? *Paratuga:* Überlegen Sie's. Adieu.
Eine Tasse Tee, Herr Guyan? Nein. *Er schaut auf die
Uhr.* Ich hoffe auf lichte Augenblicke Ihrerseits, Herr
Guyan, ganz in Ihrem Interesse, versteht sich. Eine
beträchtliche Überraschung. *Er schaut wie gewohnt zur
Decke, fixiert einen Punkt.* Nicht mehr dort, der Punkt.
Wohin ist er verflogen? Nachschauen. *Er betrachtet
wieder die Landkarte.* Schau, schau, schau. Südameri-
ka? Abwarten. Abwarten. Lesen? Lesen. *Er schaut sich
um und nimmt den Telefonhörer ab.* Zimmer 3. Freund-
liches Fräulein – in meinem Zimmer befindet sich kein
Telefonbuch. Welche Nummer? Keine Ahnung. Nein,
Namen weiß ich nicht. Sie lassen mir ein Buch schicken?
Danke, mein Fräulein. *Er spricht nun mit sich selbst.*
Zucker? Gerne. Doch bloß ein halbes Stückchen bitte, je
suis au régime. – Regime? Welches? Für die Linie, die
allgemeine Linie, die bewährte. *Klopfen an der Tür.*
Herein! *Hotelbursche mit Telefonbuch. Paratuga:*
Legen Sie's auf das Tischchen dort. *Hotelbursche läßt
das Buch brutal auf den Boden fallen. Paratuga:* Ich

sagte: Legen. *Hotelbursche:* Bin ich ein Huhn? *Paratuga blättert im Telefonbuch.* Kann ich aushelfen? Was suchen Sie? Bub? Büblein? Mädchenbüblein? *Paratuga:* Ich möchte, daß Sie sich scheren, obschon ich Ihr Haar bewundere. *Hotelbursche:* Mit mir persönlich ist nichts zu machen. Ich vermittle bloß. *Paratuga:* Hinaus. *Hotelbursche:* Tragen Sie Ihren Zylinder, Herr Paratuga senior, auch wenn Sie –? Sie wissen, was ich meine. *Paratuga:* Scheren, junger Mann, scheren! *Der Hotelbursche zuckt die Schultern und geht zur Tür. Paratuga liest laut vor sich hin.* X – 2 – 2; 2 – 1 – X; X – 1 – X; 2 – 1 – X. *Hotelbursche:* Was? *Paratuga:* Oh! Eine Liste. *Hotelbursche:* Was für eine Liste? *Paratuga:* Gehn Sie nicht zum – großen Spiel? *Hotelbursche schüttelt den Kopf:* Dienst. *Paratuga:* Pech. Wie kann man diesen großen Mann verpassen? *Hotelbursche:* Interessiert Sie so was? *Paratuga:* Nein. Sie? *Hotelbursche:* Toto. Und Lotto. *Paratuga:* Toto? Und Andreas Heim? *Hotelbursche:* Gute Füße. Sollte bloß nicht reden. *Paratuga:* Mögen Sie nicht? *Hotelbursche:* Nein. Man sollte Politik unbedingt von Sport trennen. *Paratuga:* Weil? *Er versucht, ihm zu helfen.* Sie meinen Trennung der Gewalten und all das? Trennung von Sport und Politik? *Hotelbursche:* Ja. *Er denkt nach.* Sport soll das Gemüt nicht verführen. Fußball muß diszipliniert sein wie Kampfgeist. Man muß immer das Ziel sehen. *Paratuga:* Das Tor. *Er memoriert scheinbar konzentriert.* X – 1 – 2; X – 1 – 2; X – 1 – 2. *Hotelbursche:* Tip? *Paratuga:* Kombination. *Hotelbursche:* Sie sehen nicht nach Fußball aus. Überhaupt sind Sie gar nicht so wie ich dachte. Eigentlich hätten Sie sich beim Hotelmanager beschweren können. Aber wozu? Hab' heute morgen gekündigt. Tote Hunde wegtragen und all das. *Paratuga:* Lieben Sie Tiere nicht? *Hotelbursche:* Schon, aber tote wegschleppen ... *Paratuga:* Eigentlich gefallen Sie mir. *Hotelbursche:* Sie sind mir auch näher gekommen. *Paratuga:* Politik bringt die Leute einander näher. *Hotelbursche:* Nur darf man die Politik nicht zu ernst nehmen. Das trennt nämlich. Mein Vater hat da seinerzeit Schreckliches mitgemacht. *Paratuga:* Nicht vergessen! X − 1 − 2. Ja? *Hotelbursche:* Vielen Dank. *Paratuga:* Herr Paratuga junior. *Hotelbursche:* Herr Paratuga junior. *Paratuga:* Sie haben ein Trinkgeld verdient. Dort. *Er zeigt auf den Ort, wo die Münze liegt. Hotelbursche bückt sich:* Ich kann die Münze nicht finden. *Paratuga:* Völlig in Ordnung. Sie haben's verdient. *Hotelbursche:* Aufrichtigen Dank. *Paratuga:* Schließen Sie die Tür leise. Unser Patient − *Der Hotelbursche geht leise hinaus.*

Paratuga liest nun im Telefonbuch, blättert, murmelt und beginnt eine Nummer einzustellen. Paratuga: Schon den Namen kann ich nicht ausstehen. Berweiler. Dürfte ich bitte Ihren Mann sprechen, Frau Berweiler? Er ist nicht da, danke. B ... Beeee Berlocher, Samuel. Dr. jur. *Er murmelt eine Nummer vor sich hin, während er sie einstellt.* Ja, Frau Dr. Berlocher? Dürfte ich Ihren Mann sprechen, bitteschön? Ist nicht zu Hause? Schade. An einem Sonntagnachmittag. Sicher fühlen Sie sich einsam? Nein? Ach, er ist gestorben? Der Ärmste. Entschuldigen Sie.

Er hängt wieder auf, geht zum Spiegel, rückt die darübergehängten Kleidungsstücke zurecht, sorgfältig Es klopft. Paratuga antwortet nicht. Es klopft. Wieder keine Reaktion Paratugas. Die Tür wird nun vorsichtig geöffnet. Paratuga: Hinaus. *Die Tür wird sofort und diskret wieder geschlossen. Nach einer Weile klopft es wieder. Paratuga:* Herein. *Hotelbursche erscheint. Paratuga:* Gehorchen. Dienen. Die Speisekarte? *Hotel-*

bursche: Jawohl, Herr Paratuga junior. Hier. *Paratuga hält seine Hände nach Damenart schlaff vor sich.* Paratuga: Lesen Sie vor. Ich habe eben meine Fingernägel poliert. Sind noch nicht trocken. Ja? Ich höre. *Hotelbursche:* Artischocke, Crème de Vo . . . *Paratuga:* Crème de Volailles. *Hotelbursche:* Kalbsnierenbraten und Safranrisotto. Flan – *Paratuga:* Flan au caramel. Passend ein heller Roter. Haben Sie Lust, Herr Guyan? Augenscheinlich nicht. Weiterlesen. *Hotelbursche:* Nehmen Sie Nummer vier. Ist leicht zu lesen und wird viel verlangt. *Paratuga:* Schreiben Sie: Lachsforelle norwegische Art. Gebratene Lende Milchlamm. Bananeneis zum Dessert. *Hotelbursche:* Bei der Kälte reicht eine gefrorene Banane. *Paratuga:* Meinetwegen. Und eine Flasche Chambertin. Und bitte, möglichst bald. Wir wollen das Fußballspiel anhören. *Hotelbursche:* Okay. *Paratuga:* Keine Vulgaritäten, bitte. *Hotelbursche:* Entschuldigung. *Paratuga:* Damit Sie lernen, verstehen Sie. Geben Sie mir deshalb das Trinkgeld von vorhin zurück. Es wird Ihnen zurückerstattet bei entsprechenden Leistungen. *Der Hotelbursche fingert in der Tasche nach einer Münze. Als er hinausgeht, wirft Paratuga die Münze wieder irgendwo auf den Boden.*
Er beginnt nun, die beiden Koffer zu packen, sehr sorgfältig, Stück für Stück. Guyan stöhnt einmal auf, ist aber noch nicht bei Bewußtsein; Paratuga prüft nun unter den Kleidern die verschiedenen technischen Bestandteile seines Körpers, Herzbatterien, Lungenapparatur, doch den Zylinder behält er immer auf. Als er mit dem Prüfen zu Ende ist, sagt er zuerst leise, dann lauter: Guyan! Guya-han! Herr Guyan! In einer Minute beginnt das Spiel! In einer Minute! Möchten Sie eine Tasse Tee? *Guyan:* Wasser. *Paratuga geht zum Lavabo, nimmt das Zahnglas, füllt es mit Wasser, ver-*

sucht einen Schluck, gurgelt, gießt das Wasser wieder aus und dreht den heißen Hahn an. Paratuga: Ein Schluck warmes Wasser wird guttun bei dieser Kälte. *Er bringt Guyan das Glas, hilft ihm beim Trinken. Guyan:* Jemand klopft. *Paratuga:* Ihr Herz. Ihr erwartungsvolles Herz, Herr Guyan. *Es klopft. Paratuga:* Tatsächlich. Herein! *Hotelbursche:* Kein Lamm mehr, Herr Doktor Paratuga junior. Huhn? *Paratuga:* Huhn. *Paratuga stellt nun den Radioapparat an, überlaut fast, das Geräusch einer Fußballarena ist zu vernehmen, das Stimmengewirr, schwache Musik und die Stimme des Radioreporters. Reporter Kalisch:* Das Spiel, meine Damen und Herren . . . *Paratuga beendigt in aller Ruhe das Kofferpacken. Reporter Kalisch:* Es sollte beginnen eigentlich, trotz aller finnischen Kälte. Dennoch, es sind Zehntausende von Zuschauern eingetroffen. *Paratuga dreht den Knopf:* Wir essen noch vor dem Spiel, Herr Guyan. *Dreht wieder an. Reporter Kalisch:* Um fünf bis zehn Minuten Verschiebung. Die Kälte. 25 Grad Celsius. Die meisten sind zu Fuß gekommen. Begreiflich. Gehen wärmt. Aber Heim, unser größter Spieler, ist noch nicht da. *Paratuga stellt wieder ab.*

Paratuga: Hören Sie das? Hören Sie das? Heim ist nicht dort. Und mein Flugzeug startet um fünf Uhr fünfzig. Unglaublich, unglaublich, diese Unsportlichkeit, nicht wahr, Guyan? Wie soll ich mein Programm einhalten. *Stellt das Radio wieder an. Der Lärm der Menge auf dem Fußballplatz wird wieder lauter, man hört vereinzelte »Heim«-Rufe. Paratuga dreht den Ton etwas leiser. Paratuga:* Ist immer noch nicht gekommen. Unser Heim.

Guyan richtet sich plötzlich auf, so, als sei er nie krank gewesen. Paratuga: Willkommen, willkommen, Lebensgeister! Hunger? Essen kommt gleich. *Guyan:* Sascha!

Sascha! Wo ist Sascha? *Paratuga:* Ich hab' sie gerufen. Vor einer Stunde. Geht ihr ausgezeichnet. *Guyan:* Warum ... warum kommt sie nicht? *Paratuga:* Sascha? *Guyan:* Sascha? Ich will meine Frau. *Paratuga:* Sascha, lieber Herr Guyan, ist heimgegangen. *Guyan:* Heim? *Paratuga:* Beruhigen Sie sich. Vor allem: keine unvorsichtigen Bewegungen. Ich hab' neun Rückenwirbel aus Silber, muß es wissen. Sie haben vermutlich, untere Schätzung, zwei gebrochen. *Guyan:* Warum bin ich hier? *Paratuga:* Ihre Uhr ist stehengeblieben. *Guyan:* Drei Uhr. *Paratuga:* Stimmt. Aber Ihre Uhr zeigt drei Uhr von gestern. *Guyan:* Drei Uhr gestern? *Er versucht aufzuspringen, fällt ächzend zurück. Paratuga:* Vorsicht. *Guyan:* Warum bin ich hier?

Paratuga geht zum Radioapparat, dreht den Ton lauter, man hört »Heim«-Rufe, laute, aber noch nicht orchestriert. Er dreht den Ton brüsk wieder ab. Guyan: Das ist es –! Ich muß – *Paratuga:* Ruhig ... *Guyan:* Ich muß – *Paratuga:* Klein oder groß –? *Guyan:* Warum bin ich hier? *Paratuga:* Wie schwer diese simplen Fragen zu beantworten sind, Herr Guyan. *Guyan:* Warum bin ich hier? *Paratuga:* Es ist dasselbe Zimmer. Doch im Stock oben. Mein Zimmer. *Guyan schaut sich um. Guyan:* Die Leiter hinter dem Paravent – wollte Ihnen helfen. *Paratuga:* Ich spitzte einen Bleistift. Guckte zur Decke, damit die Spänchen nicht mein Auge treffen konnten. Mit bloß einer Pupille ist man vorsichtig. *Guyan:* Dann fiel ich. *Paratuga:* Glänzend. Ihr Hirn funktioniert. *Guyan:* Warum bin ich hier? *Paratuga:* Nicht transportfähig.

Paratuga steht auf, um die letzten Dinge in den Koffer zu packen, nimmt auch mit abgewendeter Gebärde die Kleider von den Spiegeln und hängt sie, achselzuckend, wieder auf. Guyan verwirrt: Ich sollte draußen sein.

Draußen. Im Stadion. *Paratuga:* Sie werden es nicht. *Guyan:* Warum? *Paratuga:* Weil ich noch nicht gegessen habe. Und ich möchte Sie einladen. Mit Ihnen essen, gemütlich, mehr oder weniger. *Guyan:* Warum bin ich hier? *Paratuga:* Weil ich mich mit Ihnen unterhalten möchte. *Guyan:* Mit Ihnen will ich nicht reden, Sie heimatloser Geselle. Wer bezahlt Sie? *Paratuga:* Der feine Mann fragt so was nicht. *Guyan:* Ich bin kein feiner Mann. Unser Land braucht Selbstbewußtsein. Und nur Krieg oder sportlicher Sieg können ihm das verleihen. *Paratuga:* Damit ein Volk blöd bleibt, muß es seine Großen selber umbringen. *Guyan:* Ich hab' ihn groß gemacht, ich. *Paratuga:* Als Fußballer. Aber Heim ist ein Auserwählter, und ich kann es nicht dulden, darf es nicht dulden, daß ein Auserwählter von einem Burschen Ihres Schlages erledigt wird. Das muß, wie gesagt, das liebe Volk selber machen. Schauen Sie, es ist wichtig, daß die Welt so weiterwurschtelt wie bisher. *Guyan:* Quatsch. *Paratuga:* Beinah bereu' ich's, Ihnen schmerzstillende Pillen gegeben zu haben.

Er dreht das Radio wieder an. Reporter Kalisch, dessen Stimme sich beinahe überschlägt: Er ist da! Er ist da! Das Volk ruft und ruft. Das Spiel, das über Ehre und Zukunft unseres Landes entscheiden wird, kann beginnen – *Paratuga stellt wieder ab.*

Paratuga: Sie schlottern, Sie Ärmster. *Er holt zwei Decken aus dem Schrank und legt sie über Guyan. Guyan:* Danke. *Paratuga:* Doch ich werd' Ihnen beistehen. Bis zum letzten Augenblick. Sie können nichts dafür. Leute wie Sie können ja nie für etwas. Ob's gutgeht, ob's schiefgeht, Ihr Schlag kann nie für etwas. Ich gestehe, rein altersmäßig, ein gewisses Mitleid – *Jemand klopft an die Tür. Paratuga:* Aha! Herein.

Der Hotelbursche tritt ein mit einem Tablett, auf dem

silberne bedeckte Pfännchen, Teller und zwei Flaschen Wein stehen. Paratuga: Aufs Tischchen hier. Herrn Guyan werde ich selber bedienen. Es geht ihm besser. Ach ja, unter jenem Tischchen liegt Ihr Trinkgeld. *Hotelbursche bückt sich.* Vielen Dank, Herr Doktor Paratuga. Dank. *Paratuga:* Augenblick! Kommen Sie her! Ist das nicht der Fünfziger, den Sie mir vor etwa einer halben Stunde vor die Füße warfen? *Hotelbursche:* Sehen, Herr Dr. Paratuga – schon. *Paratuga:* Waschen Sie die Münze im Lavabo ein bißchen ab und legen Sie sie dort auf das Nachttischchen. *Der Hotelbursche gehorcht, verbeugt sich und geht hinaus.*

Paratuga: Wo sind wir denn stehengeblieben, liegengeblieben in Ihrem Fall, verzeihen Sie, Herr Guyan, ja –? Daß ich . . . *Er überlegt:* Das war's, daß ich so oft nach oben blicke. Mein Antlitz himmelwärts wende, könnte man's auch ausdrücken. Stimmt. Eine Form der Konzentration? Der Kontemplation? Ach was. Was haben wir denn hier bekommen? – Schauschau. *Er schüttelt den Kopf, geht zum Telefon und nimmt den Hörer ab. Paratuga:* Küche. Bitte. Hier Paratuga junior. Zimmer 388. Ich bestellte eine Lachsforelle norwegische Art. Ja? Ist es mir entgangen – ist es Ihnen entgangen? Fehlt ein schöner Rheinwein, einverstanden? Schön! Und rasch. Nicht zu rasch. Kein Schütteln – Sie wissen – Ob Sie's glauben oder nicht, es wimmelt von Zuschauern. Trotz der Kälte. *Guyan:* Radio, bitte. *Paratuga:* Hat eben das erste Tor geschossen. In der 2. Minute. *Hotelbursche bringt die Flasche Rheinwein. Er entkorkt sie, schenkt Paratuga einen Schluck ins Glas. Paratuga spuckt das Zeug wieder aus. Paratuga:* Rheinwein ist auch nicht mehr, was er war. *Hotelbursche verbeugt sich und geht wieder hinaus.*

Paratuga: Gott, wie mir die Jugend auf die Nerven geht.

Zum Wohl, Herr Guyan. *Er nimmt einen Schluck aus seinem Glas, dann einen Schluck aus dem für Guyan gedachten Glas.* Zum Wohl, Mr. Paratuga junior. *Er dreht das Radio wieder an.* Mal schauen. Und hören. *Man hört Kalischs schrille Stimme.* »Heim«-Rufe, immer wieder. *Paratuga legt eine Forelle auf den Teller und beginnt, sie zuzubereiten. Die* »Heim«-Rufe *sind vereinzelt, man hört Buh-Rufe. Reporter Kalisch:* Unglaublich! Fast unglaublich. Heim, unser aller Heim. Sie haben's eben gesehen, ja, wie ist es bloß möglich. *Er spricht verzweifelt, fast weinend.* Wie ist's bloß möglich, er, Heim, eben schoß er ein sattes, rasches Tor für uns, schießt nun ein Eigentor — *Man hört Rasen, Brüllen, Toben und Pfeifen in diesem Augenblick.* Wie, wiewie, es ist nicht wahr, kann nicht wahr sein, das zweite Eigentor, ein Schrägpaß von Hügi, Heim schön vor den Fuß, Heims Goldfuß, und — *Paratuga dreht den Knopf wieder ab.*

Paratuga: Ahnen Sie etwas, Guyan? *Er schaut wieder auf die Uhr.* Heute ist — der zweiundzwanzigste. Ein denkwürdiger Tag, dieser zweiundzwanzigste im Herbst. Ein Trauertag. In alle Ewigkeit. Am 22. September erschoß sich in Paris der unvergeßliche Koch, Maître de Cuisine, Alain Zick, weil der Guide Michelin ihm seine zwei Sterne entzogen hat. Eine wahre Tragödie. *Guyan stöhnt.* Stimmt. *Guyan stöhnt nochmals.* Einverstanden. Da hat man Euch . . . hat man Euch einen gegeben. Einen Menschen. Einen wirklichen Menschen. Und schon wollt Ihr ihn wieder nicht haben. Hätte eigentlich gar nicht kommen müssen. Bißchen Hilfe und Stupsen, na ja. Aber für mich keine Aufgabe. Unhöflichkeit liege mir fern, eh und je. Aber Sie sollten mir ins Handwerk pfuschen, Guyan, und nun muß ich mich bei einer Forelle mit einem brutalen, nicht mal unintelligenten Etwas herumschlagen. Sehen Sie das ein? Nein. Ich schätze beim Essen gute Konversation und bei einer schönen Bergbachforelle ist bei Leuten wie Sie – ist das Beste noch immer ein Selbstgespräch. Exquisit diese Forelle, Butter, heiße, gelbe Butter, darf nicht braun sein, und: Mandeln, zermalmte Mandeln. Sie werden's kaum wissen, Herr Guyan, eine Bergbachforelle verliert besonders schnell das Aroma. Sie darf, sagt ein Anhänger Brillat-Savarins, nach dem Absterben nur drei Minuten liegenbleiben und muß hierauf sofort in den kochenden, vielmehr schwellenden Sud gesenkt werden. Eine Minute zu früh, verdirbt sie so hoffnungslos wie eine Minute zu spät. Die Mandeln sind noch immer etwas hart. Man hätte sie zuerst in Eselstutenmilch einlegen müssen, na ja, die guten alten Zeiten. So, die Haut ist ab. Das Fischchen entgrätet. Hören wir weiter. An sich eine miserable Gewohnheit. Essen, Zuhören, nicht zu reden von Gefühl.

Paratuga dreht das Radio an. Man hört lautes Geschrei, Brüllen, Schrillen, Pfeifen, vereinzelte Heim-Rufe. Er stellt wieder ab. Paratuga: Unser Freund Heim ist in das Stadion der selbstgewählten Passion getreten. Will sich auslöschen. Macht sich fertig. Die ihm Freunde waren, will er zu Feinden haben. Mitleid? *Er trällert:* »In einem Bächlein helle, da schoß in froher-er Eil, die launische Forelle, vorüber wie ein Pfeil . . .« Nachschauen, zuhören. *Er dreht das Radio wieder an.*

Reporter Kalisch, verzweifelt: Eine Landestragödie. Eine Tragik unseres Volkes. Hören Sie, meine Damen und Herren, sehen Sie, Zuschauer – mehr als die Hälfte der Zuschauer verharrt regungslos. Lautlos. Kälte. Aber das ist es nicht. Drüben bei den Gegnern unserer Mannschaft werden Fahnen geschwenkt, Transparente. Auf dem Spielplatz, grün, wer könnte ihn grün nennen, er ist

grau, zerstampft, zertreten, ein Schlachtfeld, ja. *Seine Stimme bricht.* Heim, o Heim ... *Wütend.* Warum hat er uns verlassen? Man munkelt schon lange. Hat er bessere Angebote? Sicher. Sicher hat er das. Real Madrid hat ein Vermögen geboten. Dynamo Moskau, Gemunkel, noch mehr. Vielleicht der verheißungsvolle, verheerende und – meine Damen und Herren – wie immer, unsportliche Ausspruch Heims, *er räuspert sich*, »Laßt Euch nicht betrügen«, hat Drachenzähne gesät. Noch nie, ich reportiere seit acht Jahren, meine Damen und Herren, hab' ich eine derartige Stille, Bewegungslosigkeit erlebt. *Paratuga stellt wieder ab.*
Paratuga: Ein Kissen hinter Ihren Rücken, Guyan, ja? *Er schiebt dem Ächzenden ein Kissen hinter den Rücken. Guyan:* Was ist? *Paratuga:* Wer Ohren hat zu hören, der sehe. *Er setzt sich wieder und ißt weiter.* Beinahe kalt. *Er geht zum Telefon, nimmt den Hörer ab.* Küche, bitte! Wenn ich eine Forelle kalt essen muß, können Sie auch gleich Mayonnaise mitschicken. Danke. *Er beginnt wieder zu essen und saugt die Gräte.* An sich paradiesisch. Paradiesisch? Merkwürdiger Ausdruck. Woher wissen Sie, woher weiß ich, wie eine Forelle im Paradies aussieht? Wer kennt die Speisekarte des Jenseits, hm? Vielleicht ist drüben eine Bergbachforelle kulinarisch gar nix. *Guyan stöhnt.* Ziel der Geschichte vielleicht. Wenn kein Blödel mehr was von Bergbachforellen mit Mandeln mehr weiß. – Der Wein ist zu kalt. Ganz objektiv. Frieren Sie, Guyan? *Paratuga zieht den schwarzen Kittel aus, er ist hemdsärmlig, den Zylinder auf dem Kopf.* Sie frösteln. Macht die Spannung. Ich für meinen Teil verhalte mich ausgesprochen unkonventionell, Hemdsärmel, Zylinder und so. Immerhin, Pulswärmer. *Er denkt nach.* Wie's wohl aussieht in Nairobi? Schwarz, schwarz, schwarz. *Er dreht das*

Radio wieder an.
Ungeheurer Lärm, Kalischs Worte sind anfangs kaum zu verstehen. Reporter Kalisch: Ungeheuer! Ungeheuer! *Man hört tosendes Gebrüll — Toooooor-Rufe.* Eigentor! Eigentor! Zum drittenmal. Zum drittenmal. Zum drittenmal! Warum! Waaaaaarum? *Erschöpft.* Eigentor! *Paratuga dreht wieder ab, Guyan stöhnt auf, er will mehr hören. Paratuga leckt die Gabel ab. Paratuga:* Gourmets reden immer von den Bäckchen. Den kleinen Forellenbäckchen hinter den Kiemenöhrchen. Soll das Beste sein, das Feinste. Reine Mystifikation, diese Bäckchen. *Er rülpst.* Verzeihung. Das wär's. Den Rest können Sie sich vorstellen. *Er geht zum Telefon, mimt höchste Erregung, stammelt fast:* Hier Zimmer 388. Jawohl, 388. Lassen Sie sofort eine Ambulanz holen, hören Sie. Sofort! Hier liegt ein Schwerverletzter! Unverzüglich. Sonst muß ich die Hoteldirektion einklagen! Danke!
Unbemerkt von Paratuga und Guyan kommt Anna herein, bleibt stehen, zündet sich eine Zigarette an. Paratuga: Dennoch. Darf ich Ihnen eines der Forellenbäckchen servieren? Nur so auf der Gabelspitze. Hm? *Guyan stöhnt — Paratuga hält ihm die Gabelspitze vor den Mund, Guyan schluckt.* Wunderbar! Nun, Forelle muß schwimmen. *Er hält ihm ein Weinglas an den Mund, Guyan nimmt ein Schlückchen. Er setzt sich wieder an sein Tischchen.*
Ungeheurer Lärm, Geschrei, Rufe, Kalischs aufgeregte Stimme. Reporter Kalisch: Die Zuschauer rasen. Brüllen. Versuchen, ins Spielfeld zu dringen. Bierflaschen fliegen. *Rufe: Nieder mit Heim! Nieder mit Heim!* Mein Gott, mein Gott, warum hast Du uns verlassen? Warum? Perrier gibt zu Mersault, Sie sehen, der Ball langt nicht an, Meili übernimmt, scharf, perfekt, gibt an

Heim, ja Heim! Heim läßt den Ball liegen, stupft mit der Fußspitze daran, nein, nein, ich kann es sehen, Sie hören das Publikum, er grinst, lacht und gibt den Ball ausgerechnet an Perrier, den Star der feindlichen Mannschaft zurück — *Paratuga stellt wieder ab. Guyan stöhnt. Paratuga:* Auf daß die Bäume nicht in den Himmel wachsen. Die braune Butter ist leider kühl. *Wie in plötzlicher Trauer sagt er:* Dieser feine große Mann. Immer nur gehört von ihm. Nie gekannt, nie gesehen. *Er faßt sich wieder.* Merkwürdig, Herr Guyan, finde ich an Bachforellen immer die Augen. Traurig. Einst glänzend. Getrübt. Traurig. Melancholisch wie die Ihren. Blau vom Bergnebel überwölbt. Dümmlich auch. So hilflos gegenüber dem Schicksal, das Angel und Haken heißt. Nun. Eine Forelle weniger. *Er stochert in seinen Zähnen, dreht das Radio wieder an.*
Zwei Männer stürzen mit einer Tragbahre ins Zimmer, legen Guyan darauf und tragen ihn hinaus. Erst jetzt bemerkt Paratuga Anna. Er zuckt zusammen. Reporter Kalisch im Riesengebrüll des Stadions: Nein. Nein. Das ist nicht mehr Sport, nicht mehr Sport. Das ist Gewalt. Gewalt! Die Zuschauer beginnen, ins Feld zu rennen, Polizisten werden überrannt, von allen Seiten, sie rennen auf Heim zu, der still und bewegungslos steht, wartet, er scheint zu warten. *Man hört ungeheures Geschrei, Getöse.* Das . . . das ist unsportlich, merkwürdig, sie bleiben stehen, meist jüngere Burschen, sie umringen ihn, gestikulieren, drohen mit den Fäusten, doch Heim bleibt unbeweglich, wie in einen Zirkel eingeschlossen, doch von hinten drängt die Menge — *Aufschrei Kalischs:* — mit Stöcken, Bierflaschen — sie töten ihn — *Paratuga dreht wieder ab.*

XI

Paratuga: »Laßt Euch nicht betrügen.« Oh, liebe Seele des Volkes. Traurig. War schließlich Ihr Gatte. Und zudem ein hervorragender Mensch. *Anna:* Der Himmel kämpft für den Mittelstand. *Paratuga:* Beileid, gnädige Frau. Gnädige Frau Anna. *Paratuga holt den Mantel aus dem Schrank, zieht ihn an und betrachtet seine beiden Koffer:* Ihr Mann wird als Fußballstar in die Geschichte des Fußballs eingehen.

Anna zieht ihren Mantel aus. Paratuga beobachtet sie ängstlich. Sie beginnt plötzlich zu weinen. Paratuga fängt sich wieder auf, wird wieder selbstbewußter. Paratuga: Na, das nicht . . . das nicht. *Er nähert sich ihr, streichelt sie.* Trost. Trost. Mit einem großen Mann verheiratet gewesen zu sein. Auch wenn es niemand weiß. *Anna:* Sie gehen fort? *Paratuga:* Leider ja. Mein Aufenthalt war lediglich geschäftlicher Natur. *Anna:* Wollen Sie mich heiraten? *Paratuga:* Heiraten? *Er stellt die Koffer wieder ab.*

Anna: Sie sind stark, ja, doch Ihre wirkliche Größe ist Ihre Schwäche für mich. *Paratuga:* Möglich. Zu privaten Überlegungen reicht meine Zeit nicht. *Anna zärtlich.* Herr Paratuga junior! Ihre Augen!

Sie beginnt, ihr Kleid aufzuknöpfen, Paratuga holt einen Fahrplan hervor, murmelt Abflugszeiten, schaut verlegen auf, blättert wieder. Anna zieht sich langsam aus, bis auf Büstenhalter und Höschen. Paratuga entrüstet, fassungslos entrüstet: Eben sahen Sie, hörten Sie den Tod Ihres verehrten großen Gatten – und zudem: bei dieser Kälte. Die Stadt erstarrt. *Anna:* Ich nicht. Ich fühle mich warm. *Paratuga:* Heirat kommt nicht in Frage. Eine gewisse Sympathie will ich gestehen, man ist kein Unmensch – *Anna:* Kein Unmann – *Paratuga:* Frivol! *Anna schlägt ihm mit einer nachlässigen Bewegung* den Zylinder vom Kopf. *Paratuga erstarrt. Es ist, als hätte man ihn hypnotisiert. Anna:* Nicht wahr? *Sie beginnt, Paratuga auszuziehen, bis auf seine Unterwäsche und langen Unterhosen. Paratuga:* Vorsicht. Die Lunge mit dem Dynamo. Das Herz, die Batterien, die Kniescheiben aus chinesischem Porzellan – *Paratuga läßt sich alles gefallen. Er hilft sogar ein wenig, immer wie in Trance. Anna:* Wie Du mich liebst. *Paratuga:* Wie ich Sie liebe, Madame. *Er steht bewegungslos da, Anna geht zum Lichtschalter, dreht ihn ab, nur noch ein Licht brennt, die Nachttischlampe; sie nimmt die Decke vom Bett, richtet es her.*

Anna: Paratuga? *Paratuga:* Ja? *Anna:* Liebst Du mich? *Paratuga:* Kann ich das? *Anna:* Du wirst können. Komm. *Paratuga bewegt sich wie Frankenstein zum Bett. Anna:* Sicher bist Du noch unschuldig. *Paratuga:* Mehr als minder. *Anna:* Das wird sich geben. *Befehlend.* Komm! *Zärtlich.* Hast Du schon Lustschreie einer Frau gehört? *Paratuga:* Nur im Hotelzimmer nebenan. *Er zieht einen Wecker auf. Anna löscht das Licht:* Komm!

XII

Aber, schon ist die Nacht vergangen, schrillt der Wekker. Paratuga setzt sich auf, arretiert den Wecker, dann läutet das Telefon. Auch Anna erwacht und setzt sich auf. Sie schauen sich an. Paratuga nimmt den Hörer ab. Paratuga: Hallo. Wer? *Er wendet sich zu Anna.* Ihre Schwiegereltern. Und noch jemand. *Anna:* Ich bin nicht zu sprechen. *Paratuga:* Die Herrschaften möchten fünf Minuten warten. Danke. *Er steigt aus dem Bett und beginnt, sich anzuziehen.* Hinreißende Nacht. Beinahe wie in den schlimmen Büchlein an der 42. Straße. *Anna:* Beinahe. Nur nicht so schlimm. *Paratuga:* Sie erinnern mich an die Inconnue de la Seine. *Anna:* Hast Du sie

gekannt? *Paratuga:* Persönlich. *Er schlurft zum Bade-*
zimmer. Meine Rückenwirbel ölen. Plastik, sagt mein
Arzt immer, Plastik. *Er seufzt.* All die zeitraubenden
Operationen. Bestellen Sie Frühstück, Madame. Drei
Dreiminuteneier für mich. *Anna nimmt den Hörer ab:*
Hier ist Zimmer 388. Zwei Frühstück bitte. Tee und
Milch. Vier Dreiminuteneier. Danke.
Paratuga kehrt zurück. Paratuga: Frisch geölt und
zahngeputzt. Hübscher Morgen. *Anna ist wie in einem*
französischen Film der dreißiger Jahre im Unterrock, sie
rafft ihre Kleider zusammen und geht zum Badezimmer.
Paratuga holt hinter dem Paravent einen Koffer hervor,
pfeift, beginnt zu packen, nimmt Hemden und Wäsche
aus den Schubladen, legt das Zeug in den Koffer, dann
holt er ein Kursbuch hervor und blättert darin.
Paratuga: Elf Uhr fünfzehn: Terminal, elf Uhr fünfzig – *Man hört Klopfen an der Tür. Paratuga:* Entrez!
Hotelbursche kommt herein, trägt ein Servierbrett mit
Teller, Tassen etc. Er schaut sich um. Hotelbursche:
Wünsche, die Nacht schön verbracht zu haben. *Paratu-*
ga: Ich habe Dreiminuteneier bestellt. *Hotelbursche:*
Seit ich die Küche übernommen habe, Herr Paratuga
junior, dauern drei Minuten keine drei Minuten mehr.
Ich hab' viel gelernt von Ihnen. *Paratuga:* So? *Hotel-*
bursche melancholisch: Zeit ist eigentlich ohne Bedeutung. *Paratuga:* Beeilen Sie sich. *Hotelbursche:* Gestatten, daß ich Ihre drei Eier persönlich köpfe. *Paratuga:*
Alles will gelernt sein. *Hotelbursche:* Zeit ist ohne
Bedeutung. Eier auch. *Er köpft die Eier. Es klopft.* So.
Er eilt zur Tür. Paratuga: Sie haben ein langes Haar
liegen lassen. Ich wäre in Zukunft dankbar für ein
kurzes. *Hotelbursche nickt und verbeugt sich.*
Herr und Frau Heim kommen herein in Begleitung eines
jungen Mannes. Paratuga: Bursche! *Hotelbursche kehrt*

eilends zurück. Hotelbursche: Ja? *Paratuga:* Noch dreimal Frühstück und einen Cognac. *Zu den Gästen.* Welche Freude. Beinahe hindert mich die Freude zu fragen,
was Sie hierherführt. *Herr Heim:* Die Sache mit der
zertrümmerten Kniescheibe geht in Ordnung. *Paratuga:*
Sagten Sie gestern, Herr Heim. *Frau Heim:* Gestern?
Unglaublich. Für uns ist in dieser Nacht ein Jahrzehnt
vergangen. *Sie nehmen Platz.* Herr Paratuga junior,
gestatten Sie, daß wir Ihnen Herrn Bänninger vorstellen. *Sie stößt ihren Mann in die Seite. Herr Heim, etwas
verlegen:* Unser neuer Sohn. *Frau Heim:* Unser neuer
Sohn! Stellen Sie sich vor: unser neuer Sohn! *Herr
Heim:* Wir möchten nicht kinderlos ins Jenseits.
*Anna erscheint, sie ist in Unterwäsche, kämmt das
Haar. Frau Heim:* Jemand, der uns liebt. Nachtrauert.
Nicht wahr, Joseph? *Sie tätschelt Bänningers Knie.*
Ursprünglich war Joseph Schauspieler. Gestern nacht
war er bei uns. Hat eine Biographie über Andreas
geschrieben. Umwerfend. Sie sollten das Vorwort schreiben, wirklich. *Herr Heim:* Beim Schreiben der Biogra-
phie von Andreas ist Joseph selber zu Andreas gewor-
den. Bloß viel besser. *Frau Heim:* Selbst eine Mutter
muß das zugeben. Perfekter. Makelloser. Liebenswerter.
*Paratuga fixiert wieder einen Punkt, was Frau Heim
erschreckt. Frau Heim:* Oh, bitte nicht. *Paratuga:* Bitte
was nicht? *Frau Heim:* Ich weiß, wir sollten Trauer
tragen. *Herr Heim:* Die Stadt trauert. Man will in
Zukunft Auswüchsen dieser Art zuvorkommen. *Anna:*
Auswüchsen? *Alle drehen sich zu der Unbemerkten um.
Frau Heim:* Unser liebes Kind! Unsere liebe Tochter!
Paratuga: Ziehen Sie etwas Ordentliches an, Madame.
Frau Heim zu Bänninger und Herrn Heim: »Madame«
nennt er sie. *Anna:* Woher weißt Du, daß ich hier bin?
Frau Heim: Die ganze Stadt! Wie ich sofort vermutete,

hattet Ihr eine Pressekonferenz hier. Ich hab' mich nicht getäuscht, nicht wahr?

Es klopft. Der Hotelbursche öffnet die Tür. Hotelbursche: Drei Tassen Kaffee. Knäckebrot. Marmelade. Ein Cognac. *Frau Heim zu Paratuga:* Schadet Ihrer Leber. *Paratuga:* Die Leber eines verunglückten Apothekers. Abstinenzler. Zahlte neuntausend dafür. Frisch von der Leber. *Herr Heim:* Zuviel Flüssigkeit schadet auch der Blase. *Paratuga:* Der frühere Besitzer, Herr Gabelhorn, Verbandssekretär, ist in einer Lawine umgekommen. Mit einer perfekten Blase. *Frau Heim:* Sie sollten ihm dankbar sein. *Paratuga:* Seine Witwe war für einen Schnitt von fünftausend einverstanden. *Frau Heim:* Trotzdem. *Paratuga:* Soll ich für ihn beten, wenn ich pinkle? *Frau Heim:* Aber, aber. *Anna verschwindet wieder im Badezimmer.*

Herr Heim: Ja, in Wirklichkeit ist der Joseph viel ausgesprochener der Andreas als der Andreas es war. *Frau Heim:* Er ist sehr scheu. *Paratuga:* Mhm. Hätte vielleicht lieber Kaffee gehabt, nicht wahr, Herr eh ... *Bänninger erhebt sich. Bänninger:* Gestatten. Heim. Vormals Bänninger. *Frau Heim:* Wir möchten, daß er auch den Vornamen von Andreas trägt. *Paratuga:* Lieber Kaffee? *Frau Heim:* Der Andreas hat Tee immer vorgezogen, nicht wahr Andreas? *Bänninger:* Ja. Zu Tee hatte ich immer eine innere Beziehung. *Frau Heim:* Sag: »Mutter«. *Bänninger, zögernd:* Mutter. *Frau Heim:* »Vater«. *Bänninger:* Vater.

Paratuga steht auf und beginnt, sich wieder mit seinem Koffer zu beschäftigen; er ruft: Madame! *Anna erscheint, sie zieht ihr Kleid über die Knie. Paratuga:* Sind Sie noch beschäftigt? Sie haben Gäste, Madame. *Anna:* Ich komme. *Frau Heim:* Schau, wie er das Haar gekämmt hat. *Anna schwach:* Ihr wollt mich erinnern.

Herr Heim: Nicht erinnern. Nicht erinnern. Er ist ja da!
Anna: Wer? *Frau Heim:* Der Andreas!
Paratuga geht zu Anna und fixiert einen Punkt auf ihrer Stirn, schaut dann zur Decke, und wieder zur Stirn. Er schüttelt den Kopf und setzt sich wieder. Anna: Was will der eigentlich? *Sie deutet auf Bänninger. Frau Heim:* Die Unbescheidenheit hat Euch immer geschadet. Euch. Erkenne den Wirklichen, Anna. *Paratuga:* Richtig. Man braucht ihn bloß zu erkennen. *Frau Heim:* Wurde oft übertrieben, das mit dem Glauben. War eben der Fehler von Andreas. Dem früheren. *Bänninger:* Ursprünglich war ich Zahnarzt. Dann Schauspieler. Als Zahnarzt lernte ich, den Leuten auf's Maul zu schauen. *Paratuga hält die Hand vor den Mund, so als müsse er sich übergeben und eilt hinaus. Frau Heim:* Was hat er? *Anna:* Mußte unvorbereitet lachen. *Frau Heim:* Sensibel wie immer. *Herr Heim:* Und wenn man denkt, was von Andreas übriggeblieben ist. *Frau Heim zeigt auf Bänninger:* Der hier. *Herr Heim:* Ich meine den auf dem Fußballplatz. *Frau Heim:* Stimmt. Der Gerichtsmediziner sagte, wir sollten ihn einfach in bester Erinnerung behalten. So wie er ursprünglich ausgesehen hat. Jung. Spontan. Draufgängerisch. *Bänninger lockert seine Glieder wie ein Fußballer, nimmt Fußballposen ein, bleibt dann wieder angestrengt nachdenklich stehen, überlegt, nimmt die Fußballarbeit wieder auf. Herr Heim:* Großartig. Und dieser Intellekt! *Bänninger atemlos:* Vom Geistigen her geht eine Kraft ohne Worte aus . . . Die Worte verharren im Geistigen werfen sich schweigend auf den Horchenden. – *Frau Heim:* Hinreißend. *Bänninger:* Und verwandeln sich in das Wort. Die Worte. *Herr Heim:* Bemerkenswerte Fußarbeit. *Frau Heim:* Ein Trippler wie's im Buch steht. *Herr Heim:* Das Buch der Bücher. Andreas' Buch! *Frau Heim:*

Unheimliche Schönheit.

Paratuga erscheint wieder, reisefertig. Frau Heim: Und wie er den Kopf hält, immer etwas geneigt, überlegend, horchend – *Herr Heim:* Der totale Andreas. *Paratuga:* Der Andreas hier hat dieselben Hände wie der andere Andreas. *Anna betrachtet die Hände Bänningers, er schwenkt sie. Anna:* Andreas? *Sie fragt Bänninger:* Sind Sie imstande, in einem überfüllten Bahnhof zu stehen, ohne von jemand berührt zu werden? Ohne ... daß jemand es wagen würde ... Sie zu berühren ... *Bänninger:* Ich bin bereit. *Paratuga:* Brav. Brav. *Anna bedeckt ihr Gesicht mit den Händen. Anna:* Sie möchten ihm gleichen? *Frau Heim:* Gleichen? *Herr Heim:* Zwei Löffel aufeinander. *Paratuga:* Vollkommen. *Bänninger:* Nicht nur ihm zu gleichen, ihn zu ersetzen ist mein Ziel. *Paratuga:* Anna! Gefühle kann man ersetzen. Es sind oft die besten Ehen.

Paratuga macht sich zum Abschied bereit. Er schaut sich im Zimmer um. Anna nimmt die Hände vom Gesicht. Sie sagt zu Bänninger: Versprichst Du, Deinem Vorbild nachzueifern? Ohne dabei zu übertreiben? Versprichst Du das? *Bänninger hält die Hand zum Schwur hoch. Paratuga:* Pfadfinderehrenwort. *Bänninger:* Pfadfinderehrenwort.

Paratuga droht mit dem Finger: Nicht chargieren, Andreas, nicht übertreiben. Die Rolle gut üben. *Bänninger:* Ich werde üben, üben und üben. *Paratuga:* Sterben Sie bloß nicht nach der Premiere im Bett. *Bänninger zu Paratuga:* Ich verachte Sie. *Anna:* Keine dreckigen Bemerkungen. Verstanden? *Bänninger demütig:* Ja. Ja.

Paratuga verbeugt sich. Er fixiert einen Punkt an der Decke, alle folgen seinem Blick. Ihr Blick bleibt dort haften. Dann sagt Paratuga: Ich geh' jetzt. Terminal 11 Uhr 50.

Inhalt